EISENDRACHE

EIN PARANORMALER LIEBESROMAN

DRACHEN-MILLIARDÄRSIMPERIUM

JADA COX

BENTIN BOOKS, LLC

Eisendrache

Ein paranormaler Liebesroman

Drachen-Milliardärsimperium Buch 6

Jada Cox

1

DAWN

Hinter Dawn dröhnte laute House-Musik aus den Lautsprechern. Sie lehnte sich in der luxuriösen, purpurroten Lounge zurück und nippte an einem Glas Whiskey. Der Klub, *ihr* Klub, *Coven's Call,* war wie immer gut besucht. Der Bereich außerhalb von Dawns VIP-Bereich war bis zum Bersten gefüllt. An der Seite befummelte sich ein Pärchen vor aller Augen.

In der Lounge gegenüber von Dawn trank ein Paar vollbusiger, blonder Vampirinnen von einem jungen Mann. Er war einer ihrer Stammgäste, jemand, dem es Spaß machte, die Vampire mit seinem Blut zu füttern. Auch Dawn hatte ein- oder zweimal von ihm getrunken – sie glaubte, sein Name war Ron, konnte es aber nicht mit Sicherheit sagen –, obwohl Dawn heutzutage nur noch trank, wenn es nötig war. Nicht aus Spaß. Anders als Ruth und Bianca, die von dem armen Menschen ganz bewusst und langsam tranken, was die drei in einen Zustand der Ekstase versetzte, der eher hinter verschlossenen Türen ausgelebt werden sollte.

An einem anderen Tag hätte Dawn die Szene vielleicht heiß genug gefunden, um ihr Beachtung zu schenken.

Heute war es einfach nur ... langweilig. Alles war langweilig. Sie wandte den Blick ab, völlig desinteressiert.

In Anbetracht ihrer Unsterblichkeit war Dawn mit ihren 105 Jahren immer noch ein junger Vampir, aber sie war in der Hierarchie des Dunkle-Rose-Zirkels schnell aufgestiegen und die Nachfolgerin der früheren Anführerin Rose geworden, bevor diese sich in Luft aufgelöst hatte. Es gab Gerüchte, dass sie nach Rom gegangen war, um ihren mehreren Tausend Jahren auf der Erde ein Ende zu setzen, aber Dawn machte sich darüber keine Gedanken. Schließlich hatte sie einen Vampirzirkel zu leiten.

Und mit nur 105 Jahren dürfte sie sich auch nicht bereits langweilen. Jemand, der so jung und lebendig ... äh ... eigentlich tot war wie sie, hätte sich der ausgelassenen Atmosphäre, dem endlos fließenden Alkohol und dem Blut sowie den hinreißenden Männern und Frauen, die nach ihrem Bett lechzten, hingeben müssen. Sie hatte noch Hunderte oder Tausende von Jahren vor sich, in denen sie tun und lassen könnte, was sie wollte – mit wem auch immer. Das Problem war nur, dass sie nie jemanden gefunden hatte, der es wert gewesen war, ihm den Rest ihres Lebens zu widmen.

Dawn liebte ihren Vampirzirkel. Sie waren ihre Brüder und Schwestern, Freunde und Kinder, und sie hatte sich eine Zeit lang mehrere Liebhaber genommen ... Aber sie waren immer nur das gewesen: Liebhaber auf Zeit, denn abgesehen davon, dass sie ein Vampir war, hatte sich bisher nichts in Dawns Leben als dauerhaft erwiesen.

„Herrin", rief Bianca. „Wollt Ihr uns nicht Gesellschaft leisten?"

Blut tropfte von ihren geschwollenen Lippen. Der Duft war verlockend ... so verlockend, aber Dawn war nicht hungrig, und mit einem verbrauchten Menschen zu spielen, gefiel ihr auch nicht.

„Nicht heute Abend, Liebes“, erwiderte Dawn. „Er gehört ganz dir.“

Bianca und Ruth grinsten und bleckten ihre Reißzähne, bevor sie sich wieder ihrem Festmahl widmeten.

Nur wenige der Gäste im Klub machten sich die Mühe, überhaupt in ihre Richtung zu schauen. Die Magie im Raum sorgte dafür, dass nur die Vampire ihres Vampirzirkels sehen konnten, was im VIP-Bereich geschah. Sie könnten auf dem Tisch ficken, und niemand würde es bemerken. Sie hatte Ruth letzte Woche genau dabei beobachtet, und wenn sie jetzt daran zurückdachte, wurde Dawn klar, dass sie damals genauso gelangweilt gewesen war wie jetzt.

Der letzte Rest ihres Whiskeys brannte in ihrer Kehle, und als sie ihr Glas abstellen wollte, streckte sich eine weiß behandschuhte Hand aus, um es entgegenzunehmen. Cyrus, der für Dawn am ehesten so etwas wie ein Freund war, tauschte das leere Glas gegen ein volles aus.

„Danke, Cyrus“, sagte sie und nahm das Glas entgegen.

Cyrus war ein hübscher, junger Mann. Er war in seiner Blütezeit in einen Vampir verwandelt worden und hatte weiche, feminine Züge, die alle Vorstellungen der Sterblichen von Schönheit übertrafen, jetzt, wo er ein Geschöpf der Nacht war. Er hatte sich schon immer für sie interessiert, aber sie hatten eine Abmachung: Ihre Freundschaft war mehr wert als eine Affäre.

Viele Unsterbliche wie Dawn hielten sich nie lange an einen Partner. Sie waren der Meinung, dass sie, da sie eine viel längere Lebenserwartung hatten als Menschen und daher die Möglichkeit, alle Freuden des Lebens und der Welt auszukosten, keine Verpflichtungen eingehen sollten.

Dawn hatte diese Perspektive zwar eine Zeit lang genossen, aber die Langeweile und die Ungewissheit machten ihr weiterhin zu schaffen und hatten sich in den letzten Jahren zu einer Unzufriedenheit ausgeweitet.

Sie dachte immer wieder daran, dass ihr ein Partner fehlte, mit dem sie diese Art von Leben in vollen Zügen würde genießen können.

Dawn erwartete, dass Cyrus wieder gehen würde, nachdem er ihr das Getränk gegeben hatte, denn obwohl er ihr wie alle Mitglieder des Vampirzirkels der Dunklen Rose diente, hatte er mehr zu tun, als sie von vorne bis hinten zu bedienen. Mit den Augen forderte sie ihn zum Sprechen auf.

„Herrin ... verzeiht mir, wenn ich so offen rede", sagte er, „aber seit einiger Zeit habe ich das Gefühl, dass mit Euch etwas nicht stimmt. Und jetzt scheint Eure Stimmung noch schlechter zu sein als sonst. Hat der Vampirzirkel etwas getan, was Euch missfällt?"

„Nein, natürlich nicht. Alles ist in Ordnung."

Er warf ihr einen Blick zu, der verriet, dass er ihre Aussage infrage stellen würde, wenn sie sich nicht erläuterte. Cyrus kannte sie gut genug, um zu erkennen, wenn sie nicht ehrlich war. Nach einer Weile gab Dawn nach und seufzte.

„Ich bin nur müde", sagte sie, wohl wissend, dass ihre Antwort vage und wenig aussagekräftig war.

„Und wie können wir Euch helfen? Braucht Ihr einen frischen Menschen mit Blutgruppe 0? Eine Jungfrau? Ein Mondscheinbad?"

„Die heilende Wirkung von Jungfrauenblut ist ein Mythos", erwiderte Dawn. „Das müsstest du eigentlich wissen."

Seine Augen leuchteten auf, und er lächelte. „Ihr *Blut*, ja, aber ihre Unschuld wirkt immer noch Wunder im Bett."

Waren alle Vampire pervers? Ja. Dawn seufzte wieder, und als Cyrus ihr anhaltendes Desinteresse bemerkte, wurde sein Gesicht wieder ernst.

„Bitte sagt mir, was ich tun kann, oder was der Vampirzirkel tun kann, um Eure Begeisterung wiederzuerwecken", flehte er. Er warf einen Blick auf Ruth und Bianca, die ihn und Dawn nicht mehr beachteten, seit sie zu ihrem Menschen zurückgekehrt waren. Ihr Stöhnen war nur gelegentlich im Lärm der Musik und der Leute hinweg zu hören. „Ich fürchte, dass der Vampirzirkel unruhig wird, wenn Ihr weiterhin so düster wirkt. Es wird gemunkelt, dass die Moral bereits am Sinken ist, dass Sie zu jung waren, um zur Anführerin ernannt zu werden."

Sie waren Vampire. Trübsal und Düsternis lagen in ihrer Natur, nicht wahr? Sie wollte ihn anschnauzen, aber das ziemte sich natürlich nicht für eine Anführerin. Sie sollte beherrscht sein, aber auch energisch genug, um ihrem ganzen Zirkel das Gefühl zu geben, dass keiner von ihnen wirklich tot war. Das war der schwierige Teil des Ganzen. Denn egal, was sie taten, sie konnten die Tatsache, dass sie tot waren, nicht ändern.

„Das werden sie denken, egal was ich tue", sagte Dawn.

„Ja ... aber Ihr wollt ihnen doch nicht recht geben, oder?", erwiderte Cyrus und warf ihr einen Blick zu, der eine Mischung aus Verwirrung und Sorge zu sein schien. „Ihr habt bis jetzt hervorragende Arbeit für uns geleistet. Ich würde nicht wollen, dass das so bald endet."

Vielleicht war Dawn tatsächlich ein bisschen zu jung für diesen Job. Oder zumindest zu zynisch, denn in ihren Ohren klang das wie eine Drohung. Vielleicht keine von Cyrus, aber eine Drohung war es dennoch. Entweder wurde sie wieder ganz die Alte oder sie riskierte, ihren Posten zu verlieren – oder ihr Leben. Höchstwahrscheinlich ihr Leben, denn das war es, was normalerweise nötig war. Dawn hatte nicht die Absicht zu sterben, aber sie hatte keine Ahnung, wie es weitergehen sollte, wenn alle anderen Vampire, ob sie nun jünger oder älter waren als sie, nichts anderes wollten, als zu feiern und zu vögeln, als wären sie immer noch fünfundzwanzig.

Dawn konnte es sich jedoch nicht leisten, jetzt den Kopf zu verlieren. Sie hatte hart dafür gearbeitet, die Oberin ihres Vampirzirkels zu werden, und sie wollte nicht zulassen, dass eine schlechte Laune, die länger anhielt, als sie sollte, sie die Position ihres Lebens oder ihr Leben kostete. Vielleicht hatte sie noch nicht den perfekten Partner gefunden, mit dem sie ihr Leben verbringen wollen würde, aber ihr lief nicht die Zeit davon. Sie hatte noch Hunderte von Jahren vor sich ... und einen Vampirzirkel, der ihre Führung brauchte.

„Also gut", sagte Dawn. „Von diesem Augenblick an, Cyrus, bist du meine rechte Hand."

Sie hatte die Ernennung ihres Stellvertreters hinausgezögert, weil sie die gleichen Rechte unter den Mitgliedern des Obersten Rates der Dunklen Rose, dem sie vorstand, nicht hatte antasten wollen, aber wenn sie sich wieder ins Spiel bringen wollte, brauchte sie jemanden, der ihr zur Seite stand. Wer wäre eine bessere Wahl als ihr bester Freund, dem genauso viel, wenn nicht sogar mehr daran lag, den Vampirzirkel mächtig und auf eine bessere Zukunft für sie alle ausgerichtet zu halten?

„Ich fühle mich durch Eure Ernennung geehrt." Er kniete nieder, wie es bei einer offiziellen Ernennungszeremonie erforderlich gewesen wäre, aber Dawn machte sich nicht viel aus diesen archaischen Traditionen, und Cyrus auch nicht. „Ich werde mein Bestes tun, um Euch und unserem Vampirzirkel zu dienen."

„Ich vertraue darauf, dass du das tust." Sie legte ihm eine Hand auf den Kopf, um seine neue Position zu bestätigen. „Was ist der erste Punkt auf der Tagesordnung?", fragte sie.

Er blickte zu ihr auf, dann zu Ruth und Bianca und schließlich zum Rest der Gruppe um sie herum.

„Ich würde das nicht unbedingt als Tagesordnungspunkt bezeichnen, Herrin."

Dawn grinste schief. „Natürlich nicht. Sie wollen, dass ich mich mit ihnen amüsiere, um zu zeigen, dass ich noch genauso lebendig bin wie früher. Und um das zu tun, werde ich ...‟

Sie sah sich um, auf der Suche nach einer Inspiration. Ruth und Bianca Gesellschaft zu leisten, erschien ihr immer noch nicht verlockender als zuvor, ebenso wenig wie zu tanzen oder mit den wenigen Menschen zu spielen, die sich in den Klub verirrt hatten, ohne zu ahnen, worauf sie sich eingelassen hatten. Dawn richtete ihren Blick auf Cyrus, und er bewegte sich so, dass er auf ihre Füße blickte.

„Ich glaube nicht, dass das eine gute Idee ist", sagte er.

Cyrus las in ihrem Gesichtsausdruck etwas, das sie nicht hatte sagen wollen. Es war üblich, ja fast schon Tradition, dass die Oberin des Vampirzirkels mit ihrem Stellvertreter schlief – oft zur Unterhaltung der übrigen Mitglieder des Zirkels –, aber sie begehrte weder Cyrus noch wollte sie aus Spaß mit sonst jemandem schlafen.

„Ich würde das auch nicht als gute Idee bezeichnen", sagte sie. „Es muss etwas anderes geben."

Auf der Suche nach etwas tastete sie sich weiter durch den Klub, aber abgesehen von dem Gedränge, der lauten Musik und dem Alkohol gab es kaum Quellen der Inspiration. Ein Tanzwettbewerb? Trinkspiele? Nein, viel zu simpel, und es war alles schon mal da gewesen. Aber als Dawns Blick auf einem Feenpaar landete, das an der Wand knutschte, hielt sie inne. Nicht, weil es sie besonders interessierte, wie sie sich gierig gegenseitig befummelten, sondern weil jedes Mal, wenn sie sich berührten, Funken von Feenmagie in der Luft um sie herum knisterten.

Magie. Hmmm. Das wäre doch was.

„Wie wäre es mit einer Zaubershow?", schlug Dawn vor. „Das könnte spannend werden."

„Aber wer würde daran teilnehmen?", fragte Cyrus.

Magie war unter Vampiren extrem selten, sogar seltener als unter Menschen. Obwohl Vampire von Natur aus paranormale Wesen waren und über feinere Sinne und Unsterblichkeit verfügten, mussten sie als Mensch Magie gehabt haben, um sie auch als Vampir zu haben. Kräfte manifestieren sich nicht einfach aus dem Nichts. Dawn war unter anderem deshalb Anführerin des Vampirzirkels geworden, weil sie einer der beiden Vampire in der Dunklen Rose war, die Magie besaßen.

„Wir werden uns um Talente von außerhalb bemühen", sagte Dawn. „Es gibt eine große magische Gemeinschaft in Blackfall und viele, die gerne die Gelegenheit bekommen würden, sich die Gunst der Dunklen Rose zu verdienen. Im Gegenzug bekommt unser Vampirzirkel eine Show ... Und vielleicht ergibt sich noch ein anderer Nutzen aus der Stärkung unserer Beziehungen zu den anderen Wesen in der Stadt. Wir leben schon viel zu lange isoliert."

Cyrus nickte zustimmend und richtete sich auf. „Dieser Plan sollte gut funktionieren, Herrin. Ihr werdet einige Gunst innerhalb des Vampirzirkels zurückgewinnen und sogar noch mehr Potenzial von außerhalb. Ich werde sofort mit den Vorbereitungen beginnen."

Dawn lehnte sich in ihrem Sessel zurück, aber sie bemerkte, wie Cyrus sie ansah. „Ich nehme an, du willst mir vorschlagen, dass ich mich in der Zwischenzeit mehr unter die Leute mischen sollte, hm?"

„Es wäre das Beste", sagte er.

„Nun gut." Dawn erhob sich, ihr blutrotes Satinkleid wogte um sie herum. Bianca und Ruth sahen von ihrer Beute auf, als sie sich bewegte. „Bianca. Ruth. Hört auf, mit eurem Essen zu spielen, und tanzt mit mir."

Die beiden Frauen grinsten und lösten sich anmutig von dem jungen Mann, dessen Gesicht reinste Glückseligkeit ausdrückte. Er murmelte etwas Zusammenhangloses, als die Frauen sich von ihm entfernten, griff nach ihnen und murmelte, sie sollten ihn nicht verlassen.

„Wie Ihr befehlt, Herrin", sagte Bianca. Sie leckte sich das Blut von den Lippen, und Arm in Arm machten sich Dawn, Bianca und Ruth daran, die Tanzfläche zu erobern.

Währenddessen kehrten Dawns Gedanken immer wieder zu der anstehenden Zaubershow zurück. Obwohl sie ihre Brüder und Schwestern unterhalten wollte, hatte sie auch einen Hintergedanken: Die Einladung von Mitgliedern aus der Gemeinschaft zu ihrem Klub und Vampirzirkel bedeutete für Dawn mehr Möglichkeiten, jemanden zu finden, der sie sowohl unterhalten als auch herausfordern könnte.

Jemand, mit dem sie viele Jahre lang ihre Unsterblichkeit erforschen könnte.

Aber wie hoch war die Wahrscheinlichkeit, dass das tatsächlich passierte? Es war nur ein Traum. Aber es war ein Traum, der Dawn zum ersten Mal seit Monaten wieder Hoffnung auf die Zukunft gab.

2

RICHTER

Der Himmel war dunkel. Es waren nicht nur Sturmwolken am Horizont, sondern eine stürmische Dunkelheit, die in Richter Williams' Seele herrschte.

Er ließ sich ins Gras sinken, bettete darin seine Arme und seinen Körper, und schloss die Augen. Auch in seinem Kopf wartete die Dunkelheit auf ihn. Von all der Dunkelheit in der Welt waren es die Schatten in seinem Inneren, die ihm am meisten Angst machten.

Die ersten Regentropfen prasselten auf sein Gesicht und seine nackte Brust, und die erfrischende, eisige Kälte entlockte seiner Lunge einen Seufzer. Die Kälte und vor allem der Regen machten immer alles in seinem Kopf frei und durchbrachen den von ihm selbst verursachten Nebel, der ihn am Denken hinderte.

Fast sein ganzes Leben lang hatte Richter alles in seiner Macht Stehende getan, um seinen hyperaktiven Verstand unter Kontrolle zu halten, um zu verhindern, dass die Dunkelheit in ihm Wurzeln schlug. Um seine Gedanken in Schach zu halten.

Aber jetzt *musste* er nachdenken.

Der Regen tropfte über seine Stirn, sammelte sich in seinen Augen und durchnässte seine Jeans. Mit jedem Spritzer kehrte sein Verstand zu ihm zurück, und tief in seiner Brust erwachte ein kühlendes Gefühl. Es war glitschig und kalt, wie eine stählerne Klinge zwischen seinen Rippen, aber nicht schmerzhaft. Das Gefühl wartete einfach dort, sickerte langsam durch seine Knochen und seine Haut, wie geschmolzenes Metall, das ihn von innen ausfüllte.

Und dann, aus diesem Kern heraus, knurrte sein Drache. *Du bist in letzter Zeit so traurig gewesen*, sagte er. *Warum?*

Richter blinzelte den kalten Regen von seinen Wimpern, aber es folgte nur noch mehr Nässe. Der Name seines Drachen war Alloy, aufgrund der Tatsache, dass Richter ein Eisen-Drachen-Gestaltwandler war und auf alle Arten von Metall und Mineralien eingestellt war.

„Es ist lange her, mein Freund", sagte Richter laut und war zufrieden damit, die Frage zu ignorieren. Seine Freunde bezeichneten ihn oft als traurig, deprimiert, beunruhigt, aber Richter war nicht der Meinung, dass diese Bezeichnungen auf ihn zutrafen. Beunruhigt? Vielleicht. Traurig? Auf keinen Fall. Er bereicherte jede Party ... wenn er es mal auf eine schaffte.

Nur weil du mich wegstößt. Monatelang hast du mich tief in dir eingeschlossen und mich zum Schweigen gebracht.

Richter erinnerte sich wieder daran, warum er immer allein war. Er tat das ständig – Leute wegstoßen. Er war so gut darin geworden, dass er es irgendwie geschafft hatte, die andere Hälfte seiner Seele wegzustoßen, den Drachen, der in ihm lebte. Aber es war nicht allein seine Schuld. Keiner der anderen Drachen-Gestaltwandler bei InnoCell hatte eine weitere Stimme in seinem Kopf; eine, die nicht verschwinden wollte, egal wie sehr er darum flehte.

Ihre Drachen sprachen nicht mittels Worten zu ihnen – nur mittels Gefühlen, Magie und Urinstinkt. Sie würden ihn wahrscheinlich für verrückt halten, wenn er ihnen erzählte, er würde die Stimme seines Drachen in seinem Kopf hören. Aber er wusste, dass er nicht verrückt war. Er konnte seinen Drachen hören, seit er ein Teenager war.

Sein Drache war auch der Grund, warum Richter einen Drink brauchte.

Es tut mir leid, was ich vorhin gesagt habe, sagte der Drache. *Du bist kein Feigling. Oder wertlos. Oder ... etwas von den vielen anderen schrecklichen Dingen, die ich dir an den Kopf geworfen habe.*

Richter grunzte. „Ich bin nicht besonders mutig oder nützlich."

Sie hatten sich vor ein paar Monaten gestritten, als schließlich alle von Richters Freunden ihre jeweilige Gefährtin gefunden hatten. Jeder, mit dem er aufgewachsen war, hatte jetzt immer seine perfekte Partnerin dabei. Selbst bei der Arbeit war es schwierig, einen ganzen Tag zu überstehen, ohne dass jemand *etwas* über Gefährten von sich gab. Selbst Evan Lowe, der Leiter der Produktionsabteilung von InnoCell, und Liam Sallow, der Leiter der Überwachungs- und Sicherheitsabteilung, hatten eine Gefährtin, und noch vor einem Jahr hatten sie nicht einmal geglaubt, dass es Gefährten gab. Zumindest nicht auf die Art, wie Richter es tat.

Seit Jahren war er verzweifelt auf der Suche nach der fehlenden Hälfte seiner Seele. Er hatte sich so lange unvollständig gefühlt, dass selbst Alloy nicht hatte verhindern können, dass Richter in seiner Verzweiflung versank. Das war geschehen, als Liam endlich seine Gefährtin gefunden hatte und Richter trotz seiner jahrelangen Suche immer noch allein zurückgeblieben war.

„Ich war eine weinerliche Nervensäge", sagte Richter. „Es tut mir auch leid. Ich weiß, du wolltest nur helfen."

Bis vor ein paar Tagen hatte Richter sich in seiner Verzweiflung gesuhlt. So lange schon war er auf der Suche gewesen und hatte keine Erlösung oder wahre Liebe gefunden. Dann war ihm klar geworden, dass er sie nie finden würde. Vielleicht hatte er es auch nicht verdient. Diese Erkenntnis war schwer zu verkraften gewesen, und als Alloy sich gegen ihn gewandt hatte, hatte Richter alles aufgegeben. Er hatte sich von seinen Freunden isoliert, sich von der Arbeit ferngehalten. Von allem. Nicht nur Alloy.

Auch wenn Richter jetzt keine Hoffnung mehr hatte, seine wahre Liebe zu finden, war ihm klar, dass dies nicht das Ende der Welt war. Er hatte so lange ohne sie gelebt, was waren da schon ein paar Jahre mehr? Ein paar Jahrzehnte mehr? Er war unsterblich. So sehr er sich auch wünschte, die perfekte Frau jetzt zu finden – vielleicht gab es sie ja noch gar nicht. Oder vielleicht suchte er an den falschen Stellen. So oder so, sich jede Nacht in einer Bar in den Schlaf zu saufen, würde ihn nicht dahin bringen, wo er hinwollte.

Ich vergebe dir, wenn du mir vergibst, sagte Alloy.

„Es ist also geklärt", sagte Richter. „Es kam mir egoistisch vor, dich so wegzusperren, also ... Ich wollte nicht, dass wir uns weiter streiten. Ich will nicht, dass wir wieder streiten. Also ... habe ich beschlossen, dass es an der Zeit ist."

Du willst dein Leben umkrempeln?

„Es gibt weitaus bessere Dinge, die ich tun könnte, als mit einem Bier in der Hand Zeit zu vergeuden, meinst du nicht?"

Es ist an der Zeit, dass du mir zustimmst.

Als Richter lächelte, bekam er Regen in den Mund. Er hustete, dann lachte er und wälzte sich im Gras. Dann stellte er sich mühsam auf die Füße. Er hatte sich seit Monaten nicht mehr so gut gefühlt, aber eine dunkle Wolke hing noch über ihm. Es würde nicht so einfach sein, auf Dauer loszulassen, aber er wusste, dass dies ein erster Schritt war.

„Was hältst du von einer letzten Nacht in einem Klub, um zu feiern?", fragte Richter.

Ich bin mir nicht sicher, ob das eine kluge Entscheidung ist, aber wenn es das ist, was du tun musst ... können wir genauso gut etwas Spaß haben. Alloy kicherte, und es fühlte sich an, als würde Richters Brustkorb grummeln.

Es gab nur einen einzigen Klub in ganz Blackfall, in den Richter noch nie gegangen war, und er beschloss, für seinen letzten Feier-Abend dorthin zu gehen.

„In Ordnung", sagte er. „*Coven's Call*, wir kommen!"

LAUTE HOUSE-MUSIK DRÖHNTE durch den schummrigen Klub. Er war kreisförmig, wie eine Arena, mit mehreren Rängen zum Sitzen und Tanzen. Samtvorhänge bedeckten die meisten der Steinwände, die wie die einer alten Burg gebaut waren, und schwarze Ledersofas dienten als Sitzgelegenheiten. Salz und Hitze durchdrangen alles und jeden, aber unter all dem nahm Richter einen leichten Kupfergeruch wahr. Seltsam, aber kein Grund zur Beunruhigung.

Er ließ sich in den Rhythmus der Körper auf der Tanzfläche fallen. Mit seinem Drink in der Hand wirbelte er nach Herzenslust herum und holte sich jedes Mal etwas Neues, wenn er ein Glas geleert hatte – entweder, weil er ihn ausgetrunken hatte, oder weil er ihn beim Tanzen verschüttet hatte –, aber obwohl er viel trank, war es bei Weitem nicht genug, um ihn betrunken zu machen. Als Drachen-Gestaltwandler brauchte er etwa die zehnfache Menge an Alkohol in seinem Körper, um auch nur annähernd einen echten Rausch zu erleben.

Richter wusste das ganz genau, denn er hatte es schon viel zu oft getan, um Alloy aus seinem Kopf zu verdrängen. Die letzten paar Monate waren das perfekte Beispiel dafür.

Aber damit war er fertig. So sehr er es manchmal auch hasste, Alloy war ein Teil von ihm, auch wenn er niemandem sonst von der Drachenstimme in seinem Kopf erzählen konnte. Heute Abend würde er zum letzten Mal ausgehen, und dann würden sie anfangen, miteinander statt gegeneinander zu arbeiten. Richter würde einen Weg finden, sein Leben zu leben, sich nicht ständig selbst zu sabotieren, und er würde seine Erfüllung finden. Selbst wenn das bedeutete, InnoCell zu verlassen, nur damit er nicht mehr in der Nähe seiner Freunde und ihrer Gefährtinnen sein musste.

Alloy war still. Es lag nicht am Alkohol, obwohl Richter das nicht mit Sicherheit sagen konnte. Er hatte nicht vor, sich über eine weitere Nacht zu beschweren.

Während er tanzte, bemerkte er ein Feenpärchen, das beim Tanzen knutschte. Richter dachte daran, wie er das früher selbst getan hatte.

Wie von Geisterhand herbeigezaubert, tanzte eine Frau mit hüftlangen, lockigen, blonden Haaren auf ihn zu. Sie musterte ihn mit blassblauen Augen. Auch ihre Haut war unnatürlich blass, und sie war schön – übermenschlich schön. Richter fühlte sich nicht sonderlich zu ihr hingezogen, aber mit einer Partnerin machte das Tanzen immer mehr Spaß, und es sprach nichts dagegen, sich noch mehr zu amüsieren.

„Hallo, mein Hübscher", säuselte sie ihm ins Ohr. Ihre Stimme war samtig weich. Eindeutig nicht menschlich. „Ich bin Bianca. Ich habe dich hier noch nie gesehen."

Er lehnte sich näher heran. Nicht, weil er sie wegen der Musik nicht hören konnte – sein Gehör war ziemlich gut –, sondern weil er es mochte, wie Frauen reagierten, wenn sein Atem ihren Hals kitzelte. „Das ist mein erstes Mal. Was für ein Glück, dass ich dich treffe."

„Oder bin ich die Glückliche?" Sie kicherte und ließ ihre Hände über seine Brust gleiten. Er hatte seine klatschnassen Klamotten gewechselt, nachdem er im Regen gelegen hatte, also war er trocken, aber seine Knochen schmerzten immer noch vor Kälte. Normalerweise entfachte die Berührung einer Frau eine Art Feuer in ihm, aber Bianca ließ ihn nur noch kälter werden, als würde Eis zwischen seinen Gelenken entstehen.

War sie das Problem oder er und seine neue Einstellung zu Frauen? So kurz, nachdem er es aufgegeben hatte, seine Gefährtin zu finden, war er sich nicht mehr sicher.

Er tanzte mit Bianca, aber je länger er darüber nachdachte, je mehr sie ihn berührte und befummelte, als wollte sie viel mehr als nur tanzen, desto mehr wollte er gehen. Vor ein paar Tagen hätte er vielleicht noch mit ihr geschlafen, nur um etwas zu fühlen, aber der neue Richter mochte sie überhaupt nicht mehr. Und die Kälte, die sie ausströmte ... das konnte er nicht ertragen.

Biancas Hände lagen an seiner Taille, wo sie langsam sein Hemd unter seinem Gürtel hervorzog. Er legte seine Hände auf ihre und zitterte unwillkürlich angesichts ihrer eisigen Finger.

„Ich muss jetzt gehen", sagte er, und ohne eine weitere Erklärung löste er sich von ihr und verschwand in der Menge.

Er fühlte sich ein wenig schlecht, weil er sie einfach so abserviert hatte, aber aus irgendeinem Grund hatte er sie nicht ausstehen können. Es war aber nicht nur Bianca. Er hatte seinen Geschmack für Frauen im Allgemeinen verloren. Alkohol. Laute Musik ... die Partyatmosphäre.

Was war nur los mit ihm?

Er hatte sich immer als Partykönig bezeichnet, und jetzt, da er von all seinen Freunden getrennt war, sollte er das Partyleben mehr denn je genießen. Stattdessen kam ihm alles daran langweilig und abgestanden vor.

An der Bar war ein Platz frei, und Richter setzte sich. Die Barkeeperin war im Nu zur Stelle.

„Du siehst aus, als könntest du einen Drink gebrauchen", sagte sie mit hochgezogenen Augenbrauen. Ihre Bluse war ein wenig zu weit aufgeknöpft, aber Richter hielt sich zurück, um nicht zu starren.

An einem anderen Tag hätte er es vielleicht getan. Jetzt wusste er nicht so recht, wie er sich verhalten sollte. Hierhergekommen zu sein, mochte ein Fehler gewesen sein, aber er hatte keine noch schlimmere Nacht allein in seiner Wohnung verbringen wollen.

„Wem sagst du das", erwiderte Richter stattdessen. „Whiskey on the rocks."

„Kommt sofort."

Nachdem die Barkeeperin gegangen war, ließ Richter seinen Blick schweifen. Dutzende von Glasflaschen mit verschiedenen alkoholischen Getränken säumten die gläsernen Regale auf der anderen Seite der Bar, und Gäste kamen und gingen mit ihren Getränken. Als die Barkeeperin mit seinem Whiskey zurückkehrte, entdeckte

Richter ein Poster an der Wand, das er vorhin übersehen hatte.

„Was ist das?" Richter deutete mit dem Kinn auf das Plakat, während er das Getränk entgegennahm. „Eine Zaubershow?"

Die Frau zuckte mit den Schultern. „Die Klubbesitzerin ist ein bisschen exzentrisch. Sie macht manchmal solche Veranstaltungen."

Ein subtiler Hauch von Magie lag in der Luft. Er hatte nicht wirklich darauf geachtet, weil er sie überall spürte, nicht nur in diesem Klub, aber hier schien sie ein wenig stärker zu sein. Außerdem schien es in diesem Klub mehr Nicht-Menschen zu geben als anderswo. Bianca war wahrscheinlich ein Vampir gewesen, und dann waren da noch diese Feen, die er gesehen hatte ...

Diese Frau – die Barkeeperin – war, so hübsch sie auch aussah, nur ein Mensch. Die Wahrscheinlichkeit, dass sie sich mit echter Magie auskannte, war gering. Aber war es möglich, dass die Show von der magischen Gemeinschaft mit echter Magie veranstaltet wurde?

Ein Hauch von Erregung durchfuhr ihn, die erste Andeutung davon, seit er in den Klub gekommen war.

„Warum? Machst du Kartentricks oder so etwas?", fragte die Barkeeperin.

„So etwas Ähnliches", erwiderte Richter grinsend.

„Das Vorsprechen findet gerade hinten statt, wenn du deine Chance nutzen willst." Die Frau, die nun kein Interesse mehr an ihm zu haben schien, wies auf eine schwarze Tür mit einer purpurnen Rose darauf. Richter nickte anerkennend, bezahlte sein Getränk und schritt durch die gekennzeichnete Tür.

Er war sich nicht sicher, was genau er zu tun gedachte. Würde er sich für ein Vorsprechen entscheiden oder nur zuschauen? Die Aussicht, seine Magie für etwas anderes als die Arbeit zu nutzen, reizte ihn. Er hatte eine einzigartige Fähigkeit innerhalb der Drachengemeinschaft, er konnte nämlich Metalle und seltene Mineralien formen und manipulieren. Dank ihm verfügte InnoCell – das große Unternehmen für Technologie und magische Artefakte, das ihm und seinen fünf Freunden teilweise gehörte – jederzeit über Milliarden von Dollar und hatte leicht die Möglichkeit, noch mehr aus dem Nichts herbeizuzaubern.

Das Hinterzimmer war besser beleuchtet als der Hauptbereich des Klubs, und eine kleine Gruppe von Leuten saß auf niedrigen, dunkelvioletten Sofas und beobachtete eine Vorführung auf einem behelfsmäßigen Podest. Eine junge Hexe – Richter vermutete, dass es sich um eine Hexe handelte, da sie menschlich aussah – jonglierte mit einem Dutzend bunter Feuerkugeln, die sie in verblüffenden Spiralen um ihren Oberkörper und Kopf warf. In einem beeindruckenden, lodernden Finale vereinte sie die Feuerkugeln zu einer riesigen, sich drehenden Sonne, und dann löste sich das Licht mit einem Mal auf und Feuerfetzen flogen durch den Raum.

Die Hexe verbeugte sich, und die Zuschauer brachen in begeisterten Beifall aus.

„Wunderbar!", rief eine Frau, die aufstand und die Hexe ansprach. „Wir würden uns freuen, wenn Sie bei unserer Show mitmachen würden."

Die beiden kamen näher und unterhielten sich so leise, dass Richter sie nicht hören konnte, wenn er sich nicht konzentrierte, aber er achtete nicht besonders darauf. Er war nur verblüfft, dass sie echte Magie in der Öffentlichkeit einsetzten. Hatten sie keine Angst, gesehen zu werden? Jeder hätte durch diese Tür gehen und das sehen können.

Es sei denn … Vielleicht hatten sie die Tür so verzaubert,

dass nur Leute mit echter Magie sie sehen konnten. Hm. Interessant.

Richters Magie war nicht annähernd so auffällig wie die Feuermagie der Hexe, und er hatte auch nie versucht, sie zur Schau zu stellen. Aber er war nicht der Meinung, dass sie ausschließlich seiner Arbeit dienen sollte. In der Vergangenheit hatte er mit Vorliebe Metallstatuen aus allen ihm zur Verfügung stehenden Materialien geschaffen. Mit der Zeit war er für seine Arbeit bekannt geworden, und manche hielten es sogar für angebracht, ihn einen Künstler zu nennen. Richter vermutete, dass er das in gewissem Sinne auch war, auch wenn er es wahrscheinlich nie zugeben würde.

Erst vor ein paar Monaten war es zu einem Zwischenfall gekommen, bei dem sich eine der ältesten Statuen, die er angefertigt hatte – noch bevor er gelernt hatte, seine Kräfte sicher einzusetzen –, in eine instabile magische Bombe verwandelt hatte, die die rivalisierende Organisation Claws von InnoCell hatte kaufen wollen, um den Ruf von InnoCell zu ruinieren. Zum Glück hatten sie die Statue rechtzeitig geborgen, und Richter hatte sie repariert, sodass sie nicht mehr gefährlich war.

Die Claws waren nicht mehr aktiv, da sie alle ihre Führer bei besagtem Vorfall verhaftet hatten.

Die Fähigkeit, so etwas zu tun, bedeutete jedoch nicht, dass irgendjemand Richter beim Herstellen von Statuen zusehen wollen würde, oder dass er es unterhaltsam gestalten könnte. Obwohl ... vielleicht könnte er mit ein paar Veränderungen an seinem Verfahren eine Show daraus machen. Früher war er der Meinung gewesen, dass die Umformung von Metallen schön anzusehen wäre, und vielleicht würde anderen das auch gefallen.

Die beiden Frauen an der Spitze trennten sich, aber als

Richter das Gesicht der anderen Frau sah, derjenigen, die die Show leitete, war es, als würde die Welt stehen bleiben. Er hatte noch nie jemanden gesehen, der so schön war. Sie hatte dunkelgraue Augen, ähnlich wie seine eigenen, aber rauchiger, volle Lippen und dichtes, blondes Haar, das ihr in verschiedenen Farbtönen von Gold bis Hellrosa um die Schultern fiel und sie aussehen ließ, als trüge sie den Sonnenaufgang auf dem Kopf.

„Das scheinen heute alle zu sein", sagte sie. „Mehr als ich für den ersten Tag erwartet hätte. Ich bin zufrieden."

Ein junger Mann verbeugte sich vor ihr. „Ja, Herrin. Ich denke, der Vampirzirkel wird die Show genießen, wenn die Darbietungen verfeinert und zu einem zusammenhängenden Ganzen arrangiert sind."

„Bringen wir die Sache zu Ende und ..."

Die Augen der Frau blickten auf und begegneten denjenigen von Richter. Sie hielt mitten im Satz inne, als würde auch für sie die Welt um sie herum stehen bleiben. Für einen einzigen, surrealen Augenblick hatte Richter das Gefühl, als wäre das gesamte Universum verschwunden, und er konzentrierte sich nur noch auf diese Frau vor ihm.

Wer war sie?

So schnell, wie es passiert war, wurde sich Richter wieder des Herzschlags in seiner Brust bewusst. Die Frau vertrieb den Augenblick mit einem verruchten Lächeln.

„Sieh an, sieh an", sagte sie. „Sind Sie hier, um uns etwas Magie zu zeigen?"

Richter hatte sich noch immer nicht von dem ungewohnten Gefühl erholt, das er bei ihrem Anblick empfunden hatte, und stolperte über seine Gedanken und Worte. „Ich ... nun ... Ich war neugierig, aber ..." Er brach den Satz ab, als er sah, dass das Interesse der Frau schwand. Obwohl er es sich nicht erklären konnte, wollte er ihre

Aufmerksamkeit auf jeden Fall behalten. „Klar, gerne, warum nicht? Ich werde Ihnen zeigen, was ich kann."

Ein Bühnenkünstler war er nicht, aber diese Frau brachte ihn dazu, Rückwärtssaltos zu machen. Zum ersten Mal seit seiner Ankunft im Klub begann Alloy in ihm zu erwachen. Anstatt Richters Kopf mit einer Reihe von mahnenden Worten zu füllen, schien der Drache irgendwie erfreut oder beruhigt zu sein. Das Gefühl wallte wieder in Richter auf, als er auf die Frau zuging.

Er streckte eine Hand aus, um ihre zu schütteln. „Richter Williams", sagte er. „Es freut mich, Sie kennenzulernen."

Ihre Hand war zierlich und kalt, aber ihr Griff war fest.

„Dawn Villin von der Dunklen Rose", sagte sie.

Die Dunkle Rose. Richter kannte den Namen, aber es dauerte einen Augenblick, bis er zwei und zwei zusammenzählte. Er konnte nicht aufhören, in ihre Augen zu starren. Sie waren wie neblige Kristalle, die im Licht glitzerten. Aber nicht nur im Licht. Dieses Glitzern war ... überirdisch. Es gab keine andere Möglichkeit, es zu beschreiben. Und dann riss er sich lange genug zusammen, um sich daran zu erinnern, dass die Dunkle Rose einer der beiden lokalen Vampirzirkel war.

Und Dawn Villin war ihre Oberin.

Richter war in seiner Partyzeit mit einigen anderen Vampiren zusammen gewesen, aber er hatte ihnen nie besonders viel Aufmerksamkeit geschenkt. Vor Jahren hatte er sich viel mehr für Vampire interessiert, aber das war zum Teil mit einer Reihe von Problemen einhergegangen. Vor allem mit einer Drogensucht. Einer, die er inzwischen mithilfe seiner Freunde in den Griff bekommen hatte, aber Richter hatte auch sein Interesse an Vampiren etwa zur gleichen Zeit abgelegt.

Bis jetzt, schien es. Dawn schien gefährlich und faszinie-
rend zu sein, eine Mischung, bei der sein Inneres Purzel-
bäume schlug. Er war überrascht, dass Alloy, obwohl er
anwesend war, nichts gesagt hatte, um die Gedanken, die
Richter durch den Kopf gingen, zu missbilligen.

Als Richter seine Hand zurückziehen wollte, um sich
einen Zauberakt auszudenken, der einer Aufführung
würdig war, drückte Dawn seine Hand fester. Sie beugte
sich näher heran, als ob sie ihn riechen wollte, aber er
musste sich nicht besonders anstrengen, um ihren Duft
wahrzunehmen. Rosen. Keine frischen Rosen, sondern
Rosen, die auf dem Höhepunkt ihrer Vollkommenheit
gefroren waren und deren üppiger Duft in einem perma-
nenten Eisfilm eingefangen war. Diese süße Kälte war der
seltsamste Geruch, den er je wahrgenommen hatte.

„Ihre Magie riecht ... hmm ...", murmelte sie und atmete
tief ein. „Anders. Was sind Sie?"

Richter gab seine Identität normalerweise niemandem
preis, nicht einmal denen, die sich in der magischen Welt
auskannten. Das Gerücht, dass echte Drachen
verschwunden waren oder sich versteckten oder was auch
immer, machte sie misstrauisch ihm gegenüber. Sie neigten
dazu, ihn mit Furcht oder Ehrfurcht zu behandeln, was ihm
beides nicht sonderlich gefiel. Vor allem, wenn sie heraus-
fanden, dass er nicht irgendein Drachenwandler war,
sondern ein Eisendrache. Vermutlich war er der Einzige
seiner Art.

Er verzog die Lippen zu einem leichten Grinsen. „Wenn
ich es Ihnen sagen würde, wäre die Überraschung verdor-
ben, nicht wahr?"

Sie grinste zurück. „Da haben Sie recht. Und jetzt zeigen
Sie uns etwas Magie, ja?"

„Ich brauche Metall. Egal, was."

Dawn starrte ihn an, und ihre Augen verengten sich nachdenklich. Sie versuchte nicht, es zu verbergen: Sie versuchte herauszufinden, was er war. Richter bezweifelte, dass sie jemals darauf kommen würde. Das hatte noch niemand.

„Cyrus, sei so lieb, ja?", sagte sie, ohne den Blick von Richter zu wenden.

Hinter ihr erhob sich ein junger Mann von seinem Platz. Er holte einen silbernen Leuchter hervor, dessen Kerzen noch brannten, und brachte ihn zu Dawn und Richter. Der Mann, Cyrus, hatte den Kiefer verzogen, als würde ihn etwas ärgern. Es konnte nicht an Dawns Bitte liegen. Richter wusste, dass Vampire ihren Herren gegenüber absolut loyal waren.

Einen Augenblick lang überlegte Richter, ob Cyrus verärgert war, weil *er* da war, aber er konnte keinen Grund dafür finden. Richter hatte weder etwas falsch gemacht, noch war er dem Mann zuvor begegnet.

„Wo soll ich ihn hinstellen?", fragte Cyrus gehorsam.

„Auf den Bühnenboden, ganz vorne, das reicht", sagte Richter. Während Cyrus den Kandelaber an den gewünschten Platz stellte, stieg Richter die Stufen zur kleinen Bühne hinauf. Er räusperte sich.

Vier Kerzen brannten auf den Armen des Leuchters, und er überlegte, ob er sie auslöschen sollte, aber er war der Meinung, dass die Magie umso unterhaltsamer – und vielleicht auch ein wenig gefährlich – aussehen würde, wenn er die Flammen intakt ließe, und er hatte das Gefühl, dass Dawn das gefallen würde.

Und so breitete Richter mit einem tiefen Atemzug seine Arme weit aus. Zunächst schloss er die Augen und stellte sich den Kandelaber mental vor. Alloy verweilte im Hintergrund seines Bewusstseins, bereit, gemeinsam mit Richter ihre Macht zu nutzen. Drache und Mensch, Metall und Magie verschmolzen miteinander, und Richter zerrte an dieser gemeinsamen Kraft.

Er öffnete die Augen, und das Silber begann an den Armen des Leuchters zu schmelzen. Es tropfte hinab, bis es ganz flüssig wurde, die Kerzen hingen jedoch weiterhin auf Untertassen aus sich drehendem Silber. Die restlichen Tropfen lösten sich langsam von dem, was einmal der Kerzenhalter gewesen war, und kreierten einen instabilen Schleier zwischen sich und dem Publikum.

Schon jetzt, bevor er irgendetwas Erstaunliches getan hatte, konnte er sehen, wie fasziniert alle waren. Besonders Dawn.

Ihre unverhohlene Neugier und ihr Interesse an Richters Magie spornten ihn an. Wenn er dieses Interesse aufrechterhalten und sie beeindrucken wollte, musste er das Tempo erhöhen und etwas Phänomenales und Einzigartiges tun. Als die silbernen Tröpfchen um ihn herum aufstiegen, setzte sich in seinem Kopf ein Plan zusammen.

Einer nach dem anderen begannen die Tropfen an ihrem Platz zu vibrieren, und er drehte das Silber zu einem sich windenden Band, das in einer Spirale um ihn herumflog. Zuerst langsam, dann immer schneller, sodass eine Kugel aus flüssigem Metall und Magie um ihn herum entstand. Als das gesamte Metall mit Ausnahme der Kerzen mit dem Band verschmolzen war, wies er sie an, sich von seinem Rücken aus wie metallische Flügel zu entfalten. Einen Augenblick lang blieben sie so, dann flatterten sie so heftig, dass Wind durch den Raum wehte.

Als er die Flügel zurückzog, begannen sie sich aufzulösen, und das schwebende Metall zerstreute sich, bevor es sich auf dem Boden der Bühne wieder vereinigte. Richter trat zurück, sodass sich das Silber vor ihm sammeln konnte.

Dann formte er daraus hohle Ranken, porös wie Vogel-
schwingen, zu dem Skelett einer Statue. Ein Drache.

Zuerst kamen die Beine und der Rumpf, dann der Kopf
und die Flügel. Obwohl er hohl war, musste der Drache
klein bleiben, denn er hatte nicht viel Metall zum Arbeiten.
Dennoch hob er das Silber in die Luft, sodass er wie ein flie-
gender Drache aussah. Er flog durch den Raum und drehte
sich um Dawn und Cyrus, bis er schließlich in Dawns
ausgestreckten Händen landete.

Richter verbeugte sich, und das kleine Publikum brach
in Beifall aus. Dawn konnte nicht klatschen, weil ihre
Hände mit dem Miniaturdrachen beschäftigt waren, aber
sie streichelte die glatte, glänzende Oberfläche der Kreatur,
bevor sie zu Richter aufblickte.

Dieser atmete schwer. Nicht wegen der Anstrengung,
sondern vor lauter Aufregung. Er hatte noch nie etwas so
Wunderbares und Witziges mit seiner Magie gemacht. Er
hatte nie daran gedacht, so etwas zu versuchen, nicht
einmal an die Möglichkeiten gedacht, die über das bloße
Herstellen von Dingen hinausgingen. Jetzt hing alles von
Dawns Reaktion ab.

„Einfach herrlich", sagte sie. Richter steuerte den
Metalldrachen so, dass er wegflog und vor ihr schwebte, als
sie sich erhob. „Sie müssen bei unserer Show auftreten."

„Seine Technik könnte noch etwas verfeinert werden",
fügte Cyrus hinzu, „aber er wäre eine hervorragende Ergän-
zung. Er wird sicherlich für die Reaktion sorgen, die Ihr
sucht, Herrin.

„Wollen Sie das Angebot annehmen?", fragte Dawn. Sie
schlenderte auf Richter zu, und dieser wurde sich jeder
Kurve ihres Körpers bewusst, die unter ihrem hautengen
Kleid und dem tiefen Ausschnitt, der ein herrliches Dekol-
leté zeigte, deutlich sichtbar waren.

In seinem Inneren wurde die Präsenz von Alloy immer deutlicher, als wäre er nicht nur ein Teil seiner Seele, sondern ein Stück Metall, das in ihm steckte. Richter war heute Abend nicht mit der Absicht hergekommen, in einer Zaubershow aufzutreten, aber er musste es tun. Nicht nur, weil Alloy von der Idee begeistert zu sein schien, sondern weil er es auch *wollte*. Und dann war da noch Dawn, die er beeindrucken wollte.

„Es wäre mir eine Ehre, in Ihrer Show aufzutreten", sagte Richter.

„Ausgezeichnet." Dawn näherte sich ihm und fuhr mit ihrer Hand an seinem Arm entlang. Ihre Nägel waren blutrot lackiert, und seine Haut kribbelte – auf eine gute Art – bei ihrer Berührung, auch wenn ihre Nägel scharf wie Klingen waren. Sie lehnte sich dicht an ihn heran. „Warum kommen Sie nicht morgen wieder und wir besprechen die Einzelheiten? Ich würde mich freuen, wenn Sie mir eine private Show bieten würden ...", flüsterte sie.

Richter zitterte. Ihre Stimme war zart, aber auch schwer vor Verlangen. Seit er den Raum betreten hatte, kämpfte er damit, sein eigenes Verlangen nach ihr zu unterdrücken. Das hier schien ihm wie eine Erklärung zu sein, dass sie auch an ihm interessiert war. Wenn er wiederkommen würde, wer wüsste schon, was dann passierte? Das konnte etwas Gutes oder etwas Schlechtes sein.

Alles, was er in letzter Zeit in Bezug auf Frauen erlebt hatte, kam ihm in den Sinn. Misstrauen und Lügen; Sex, aber keine Liebe. Frauen, die ihn wegen seines Geldes und seines Ruhms ausgenutzt hatten. Würde es bei Dawn anders sein? Selbst wenn sein Instinkt ihm sagte, dass sie anders war, hatte dieser genau das Gleiche bei den letzten Frauen gesagt, mit denen er zusammen gewesen war.

Aber hier stieg nicht einmal Alloy in ihm auf, um

Richter davor zu warnen, ihr Angebot anzunehmen. Es schien, als wäre der Drache genauso verzaubert wie Richter.

Er verbeugte sich tief, nahm ihre Hand und küsste sie in einer traditionellen vampirischen Respektsbekundung. Als er wieder aufblickte, sagte er mit leiser Stimme. „Wenn ich morgen wiederkomme, werden Sie nicht die Einzige sein, die eine private Show möchte."

Sie ließ ihre Reißzähne in einem entzückten Lächeln aufblitzen. „Ich würde es mir nicht anders wünschen."

Als Richter einige Minuten später den Klub verließ, hatte er ein Lächeln im Gesicht und ein echtes Gefühl der Aufregung. In den *Coven's Call* gekommen, auf der Bühne aufgetreten zu sein und Dawn kennengelernt zu haben, war das Beste, was ihm in letzter Zeit passiert war. Jetzt musste er nur noch das Beste daraus machen – und herausfinden, ob die ungewöhnliche Anziehungskraft, die er für Dawn empfand, mehr war als nur eine Irrung seiner Lenden.

Er hoffte, dass dem nicht so war, aber er hatte in den letzten Jahren gelernt, sich keine Hoffnungen zu machen.

3

DAWN

Dawn saß in der VIP-Lounge des *Coven's Call*. Cyrus saß neben ihr und erzählte ihr etwas von den Vorbereitungen, die noch für die Zaubershow getroffen werden mussten, aber Dawn schenkte ihm kaum Aufmerksamkeit. Sie war zu sehr damit beschäftigt, alle paar Sekunden die Menge nach Richter abzusuchen.

Der Klub schien heute Abend voller und ausgelassener zu sein, aber sie wusste nicht, ob das daran lag, dass die Anwesenden mehr Energie als sonst hatten, oder daran, dass sich ihre Sicht auf die Welt und ihre Stimmung ein wenig aufgehellt hatte. Die Zaubershow war eine gute Idee gewesen. Nicht nur, weil sie den Vampirzirkel unterhielt und ihn von ihr ablenkte, sondern weil sie ihr etwas gab, mit dem sie sich beschäftigen konnte. Anstatt sich aus Langeweile mit ihren Gedanken zu befassen, hatte sie jetzt etwas, das ihr Spaß machte.

Zugegeben, sie war ein wenig von ihren ursprünglichen Zielen abgewichen, als sie Richter Williams kennengelernt hatte.

Es war lange her, dass sie sich wirklich für einen Mann interessiert hatte, und Richter ... Nun, er war sehr geheimnisvoll, besaß eine fantastische Magie, und sie konnte nicht aufhören, daran zu denken, wie köstlich er ausgesehen hatte. Was sie alles mit ihm anstellen würde, wenn sie mit ihm allein wäre ...Ihr Verlangen nach ihm brannte in ihr, aber sie ahnte, dass er nicht leicht zu fangen sein würde. Umso mehr Spaß würde es ihr machen.

Ihr waren Herausforderungen schon immer lieb gewesen.

„Herrin, hört Ihr mir überhaupt zu?", fragte Cyrus und klang sehr verärgert.

„Nein", gab sie zu, aber sie wandte ihren Blick nicht von der Menge ab. Richter sollte jeden Moment hier sein. Er hatte versprochen, zurückzukommen.

„Ich helfe zwar gerne bei den Vorbereitungen für die Zaubershow, aber es ist immer noch Eure Veranstaltung. Eure Idee. Es wäre für alle Beteiligten das Beste, wenn Ihr die Veranstaltung weiterhin auf höchstem Niveau organisiert und ich als Euer Assistent fungiere. Wenn ich alles übernehme, würde der Vampirzirkel die Zaubershow mit anderen Augen sehen."

„Tatsächlich?", fragte Dawn desinteressiert. „Alle, die davon gehört haben, schienen davon begeistert zu sein. Ich wüsste nicht, warum es auf lange Sicht von Bedeutung sein sollte, ob ich es organisiere oder nicht."

Sie würde trotzdem ihre Magie bei der Show zeigen, unabhängig davon, wer sie geplant und vorbereitet hatte. Das war ihre Art, den Vampirzirkel daran zu erinnern, wie mächtig sie war. Sie vergaß oft, dass sie Magie hatte, da sie sie nie benutzte. Bei der Show würde sie sich amüsieren und sie alle wieder mit ihrer Macht vertraut machen können, ohne etwas allzu Gefährliches zu tun.

Denn während Magie unter Vampiren selten war, war die Fähigkeit, etwas spontan in Flammen aufgehen zu lassen, noch seltener. Da es sich um eine gefährliche Fähigkeit handelte, setzte Dawn diese Magie nicht sehr oft ein, auch wenn sie sie völlig unter Kontrolle hatte. Normalerweise waren das Einzige, das es wert war, in Flammen aufzugehen, hirnverbrannte Idioten. Aber sie wäre keine Zirkelführerin, wenn sie jeden in die Luft jagen würde, der ihr widersprach.

„Dawn, Ihr wisst, dass das nicht stimmt. Es ist zwingend notwendig, dass...", hob Cyrus an, aber Dawn wedelte mit der Hand, um ihn zum Schweigen zu bringen.

Richter hatte gerade den Klub betreten. Dawn hatte ihn noch nicht entdeckt, aber seine Anwesenheit hatte etwas Schweres, wie Metall, das auf den Grund eines Flusses getrieben wird. Es taumelte durch die Stromschnellen, aber dann setzte es sich auf dem Grund ab, fest wie ein Stein. Metall schien ein passender Ausdruck für die Art von Magie zu sein, die er besaß. Sie hatte immer noch nicht genau herausgefunden, was es war oder was *er* war.

Aber sie war begierig darauf, es herauszufinden.

„Cyrus, wir werden dieses Gespräch morgen Nachmittag fortsetzen", sagte sie. „Ich verspreche dir, dass ich die Veranstaltung nach heute Abend selbst organisieren werde. Und jetzt lass mich allein. Mein Gast ist eingetroffen."

Cyrus' Blick wanderte nach oben, als Richter in der Menge erschien. „Euer Gast ist Eurer Anwesenheit nicht würdig", sagte er.

Dawn neigte den Kopf in seine Richtung, und sie schmunzelte, als sie bemerkte, wie angespannt er war, wie sich sein Kiefer verkrampfte. „Mein Süßer, sag mir nicht, dass du *eifersüchtig* bist."

Cyrus' Kiefer und Körperhaltung entspannten sich

sofort. Er blinzelte langsam, als würde er aus einer Benommenheit erwachen. „Nein, natürlich nicht, Herrin. Ich bin ... Ich war ... Ich bin lediglich besorgt, dass er unter Eurer Würde ist."

Dawn gluckste. Wenn es nach ihr ginge, würde Richter in der Tat demnächst unter ihr sein. Vielleicht nicht heute Abend, aber bald ... Und oh, wie sehr wünschte sie sich, ihn auf eines der Samtsofas in der Privatlounge zu stoßen und ihn zu nehmen. Sie würde ihn heute Abend haben können, wenn sie ihn ködern und anlocken könnte. Sie würde ein Spiel daraus machen, denn sie wusste, dass er den liebreizenden Versuch unternehmen würde, ihren Reizen zu widerstehen.

„Du hast seine Magie gesehen, nicht wahr?", fragte Dawn. „Er ist mächtig. Wir brauchen mächtige Freunde. Es schadet uns nicht, wenn ich ihn eine Nacht lang unterhalte, um zu sehen, welchen Nutzen wir über diese Zaubershow hinaus von ihm haben können."

Dawn hatte nicht die Absicht, ihn zu manipulieren oder auszunutzen, nicht in der Weise, die sie Cyrus gegenüber angedeutet hatte. Trotzdem schien er mit ihrer Erklärung zufrieden zu sein und verbeugte sich. „Sehr wohl, Herrin. Gibt es irgendetwas, was ich heute Abend für Euch tun soll?"

Gegenüber der Lounge saßen Bianca und Ruth an der Bar. Bianca auf dem Schoß eines Mannes, der sie mit Hundeaugen anstarrte, aber sie schaute immer wieder zu Cyrus hinüber.

„Amüsiere dich die restliche Nacht hindurch", erwiderte Dawn. „Ich finde, du hast es dir verdient. Bianca und Ruth konnten den ganzen Abend ihre Augen nicht von dir lassen."

Er schaute in ihre Richtung und verzog das Gesicht. Dawn lachte.

„Nein?", fragte sie. „Dann finde einen anderen Weg, dich zu unterhalten."

Cyrus ging davon, und als er außer Sichtweite war, ließ Dawn den Schleier fallen, der die VIP-Lounge vor den normalen Gästen schützte, aber nur für Richter.

Kurz hinter der Treppe, die zum VIP-Bereich führte, blieb er abrupt stehen. Der Ausdruck der Verwirrung auf seinem Gesicht war derselbe wie bei allen anderen, die gedankenverloren hier vorbeigelaufen waren und sich dann plötzlich in Dawns privater Lounge wiedergefunden hatten, die kurz zuvor noch nicht da gewesen war.

Sie liebte diesen Blick. Er gab ihr das Gefühl, die Kontrolle über ihre Gäste zu haben. Die Manipulation der Umgebung mithilfe kleiner Illusionen war ein weiterer Teil ihrer Magie, eine viel weniger gefährliche Facette ihrer Macht. Eine, die ihr viel mehr Spaß machte und zudem nützlich war.

Dawn bedeutete Richter, zu ihr zu kommen. Ein Lächeln breitete sich auf seinem Gesicht aus, als er die Treppe hinunterging. Er steckte die Hände in die Taschen seiner Jeans, was ihm den Ausdruck völliger Gelassenheit verlieh. Die meisten Leute würden sich der Oberin eines mächtigen Vampirzirkels nicht so lässig nähern – auch nicht in der Art, wie sie sich kleideten. Eine einfache Jeans und ein graues T-Shirt hätten jede andere Herrin beleidigt. Dawn jedoch nicht. Richter war ... wagemutig. Das gefiel ihr.

„Guten Abend", sagte sie, und ein leichtes Lächeln spielte um ihre Lippen. „Es ist mir eine Freude, Sie wieder-zusehen."

„Die Freude ist ganz meinerseits", erwiderte Richter. „Wie könnte ich Ihre Einladung ablehnen?"

Dawn lachte. „In der Tat. Nur wenige würden es wagen. Ich frage mich, ob Sie einer sind, der mich abweisen würde."

Richter setzte sich zu ihr auf das Samtsofa. Um sie herum dröhnte die Klubmusik, und der Strom der Menschen zog vorbei. All das wurde zur Kulisse für sie und Richter und trat in den Hintergrund, denn sie konzentrierte sich nur auf ihn. Viele Menschen bezeichneten Vampire als Raubtiere, und das stimmte auch. Sie hatten die Reißzähne von bösartigen Katzen und den entsprechenden Durst nach Blut. Man sah ihnen an, dass sie jeden wie eine Beute betrachteten. Auch Dawn hatte sich früher so verhalten. Und sie wusste, dass sie Richter in diesem Augenblick so ansah.

Aber sie hatte nicht die Absicht, ihn zu fressen oder sein Blut zu trinken. Alles, was sie wollte, war herauszufinden, was er war. Auch er hatte dieses raubtierhafte Glitzern in den Augen, aber es wurde von seiner Menschlichkeit verdeckt. Er war ein Raubtier wie sie, aber auch eine Beute. Sie hatte wirklich keine Ahnung, was er war.

„Gehört Ihnen der ganze Klub?", fragte Richter. Er saß in angemessenem Abstand zu ihr. Nicht zu nah, nicht zu weit weg.

Dawn hatte die feste Absicht, diese Lücke noch vor dem Ende der Nacht zu schließen.

„Meinem Vampirzirkel", antwortete sie, „dessen Oberhaupt ich derzeit bin. Man könnte also sagen, dass er mir gehört. Möchtest du etwas trinken? Wir können uns doch sicher duzen, oder?"

„Aber sicher doch. Goldenen Rum."

Sie schnippte mit den Fingern, und im Nu war einer

ihrer Untergebenen zur Stelle. Der Mann, Remy, sah viel älter aus als Dawn, aber in Wahrheit war er halb so alt wie sie. Sie bestellte ein Glas goldenen Rum für sie beide. Einen Augenblick später kam Remy mit den Drinks zurück.

Während sie an ihrem Glas nippte, erinnerte sie sich an Richters magische Darbietung am Abend zuvor, während ihre Augen seinen Körper verschlangen. Obwohl er vollständig bekleidet war, konnte sie ihn sich mit Leichtigkeit nackt vorstellen. Seine wohlgeformten, muskulösen Arme und Beine verrieten eine ebenso straffe Brust. Sie wollte ihm das Hemd von den Schultern reißen und seine Bauchmuskeln nachzeichnen, während sie ihm verbieten würde, sie zu berühren. Würde er widerstehen können? Möglicherweise nicht.

Aber Bestrafungen machten immer mehr Spaß als blinder Gehorsam.

Das war allerdings etwas, worauf sie aufbauen konnte. Sie musste immer noch ein besseres Gefühl dafür bekommen, wer Richter war. Sie lehnte sich näher an ihn. „Du gehörst weder zu den Elfen noch zu den Feen. Definitiv keine Fee, wenn man deine Metallmagie bedenkt. Hmmm."

Richter grinste. „Du willst es wirklich wissen, hm? Nun, das hat noch niemand erraten."

„Ich werde die Erste sein. Metallmagie ... hmmm. Irgendwelche Anhaltspunkte?"

Er nippte an seinem Getränk und dachte nach. „Es gibt andere wie mich, aber keinen, von dem ich weiß, dass er eine ähnliche Magie hat wie ich."

Dawn entspannte sich auf der Couch, tief in Gedanken versunken. Seine Magie war also einzigartig, aber die Gattung, der er angehörte, war es nicht. Das bedeutete, dass der Versuch, ihn anhand seiner Metallmagie zu klassifizieren, sie nicht weiterbringen würde; sie musste ihn besser kennenlernen – etwas, das sie auf jeden Fall tun wollte.

„Ich wusste, dass du etwas Besonderes bist." Sie berührte die Vorderseite seines Hemdes mit der Spitze ihres Fingernagels und wanderte damit hinunter zu seinem Bauchnabel. „Wie landet jemand wie du an einem Ort wie diesem, um für eine Zaubershow vorzusprechen?"

„Was soll ich sagen? Ich bin jemand, der gerne feiert", sagte Richter. „Nicht mehr so viel wie früher, aber laute Musik, Drinks", er rückte ein wenig näher, sodass Dawns Nagel in seinen Magen stach, „und die Anwesenheit einer schönen Frau haben schon immer einen gewissen Reiz auf mich ausgeübt. Oder mehr als nur einen."

Richter roch nach Nelken und Zimt, mit einem angenehmen metallischen Beigeschmack. Er roch besser als frisches Blut und knospende Rosen. Alles an ihm war so berauschend. Jede Bewegung seiner Muskeln zog sie an, als würde ein elektrischer Strom zwischen ihnen beiden fließen, der sich so verstärkte, dass sie jedes Mal, wenn sie ihm nur ein kleines Stückchen näher kam, nicht mehr weggehen konnte.

Dawn gluckste. „Du bist nicht ganz ehrlich, oder? Deine Partyzeiten sind vorbei, Richter, Süßer."

Er öffnete den Mund, um zu protestieren, aber sie brachte ihn zum Schweigen, indem sie ihren Zeigefinger auf seine Lippen drückte. Sie grinste und unterdrückte einen Schauer, als sein warmer Atem ihre Haut streichelte.

„Das ist in Ordnung", sagte sie. „Meine sind es auch." Sie zog sich zurück, ohne den Blick von ihm zu nehmen, und beide tranken ihre Drinks aus. Remy war mit zwei weiteren Getränken da und weg, bevor sie nach mehr bitten konnten.

„Eine Klubbesitzerin, die mit dem Feiern fertig ist?"

Richter schmunzelte. „Ich würde sagen, ich glaube dir nicht, aber das erklärt wohl die Zaubershow."

„Ah, ja. Die Zaubershow. Das ist ein lustiges, kleines Nebenprojekt. Der Vorteil der Unsterblichkeit – oder, je nachdem, wie man es betrachtet, der Nachteil – ist, dass man sich irgendwann an den immer gleichen Dingen sattgesehen hat und neue Unterhaltungsformen braucht."

„Ich weiß, was du meinst."

Dawn nippte an ihrem Getränk und hätte diese Bemerkung fast überhört. Dann dämmerte es ihr. „Du bist also auch unsterblich. Interessant."

„Ich habe nicht ..." Richter unterbrach sich selbst und lachte dann herzhaft. „Da habe ich mich wohl verplappert, hm?"

„Du bist nur meinem natürlichen Charme zum Opfer gefallen. Das ist in Ordnung. Das passiert jedem."

Seine Augen betrachteten sie über den Rand seines Glases. Dann beugte er sich vor, nah genug, dass sie den Rum in seinem Atem riechen konnte. „Das glaube ich gern."

Er kam näher, so nah, dass sie dachte, er würde sie küssen. Wäre sie noch am Leben gewesen, hätte sie gespürt, wie ihr Herz in ihrer Brust pochte. Stattdessen durchtränkte seine Nähe ihre kalte Haut mit Wärme. Sie war nicht lebendig, aber seine Nähe gab ihr das *Gefühl,* lebendig zu sein. Es war anders als alles, was sie bisher erlebt hatte.

Selbst unter magischen Wesen war Unsterblichkeit nicht üblich. Nicht, dass sie besonders selten wäre – Elfen und Feen waren auch unsterblich. Aber die hatte sie bereits ausgeschlossen. Was war er also? Woher hatte er eine so seltsame Magie und die Kraft, die Jahrhunderte unbeschadet zu überstehen?

Die Art und Weise, wie sie sich bei ihm fühlte, auch wenn sie ihn erst paar Stunden kannte, führte dazu, dass sie sich fragte, ob er derjenige war, nach dem sie gesucht hatte. Jemand, mit dem sie ihr Leben verbringen und all die Dinge würde tun können, die sie nicht allein tun wollte.

Es war noch viel zu früh, um an so etwas zu denken. Aber vielleicht könnten sie wenigstens etwas Spaß haben ...

Richters Augen waren noch offen, aber Dawn hob trotzdem ihr Kinn an und versuchte, ihn mit einem Kuss zu überraschen. Er drückte ihr eine Hand auf die Schulter und hielt sie zurück. Seine Lippen waren nur knapp außerhalb ihrer Reichweite. Ihrer beider Atem vermischte sich, und an seinen schnellen Atemzügen merkte sie, wie sehr er sie ebenfalls hatte küssen wollen. Er zeigte große Zurückhaltung, indem er ihr widerstand ... Aber es würde nicht mehr lange dauern.

Sie fuhr mit einer Hand an seinem Bein entlang, seinem Oberschenkel, bis zu seiner Taille. „Ich weiß, was du willst. Ich kann es in deinen Augen sehen ... also, warum hältst du dich zurück? Du bist so erschöpft ... Nimm dir etwas Zeit, um dich mit mir zu entspannen."

Die Spannung zwischen ihnen drängte Dawn dazu, ihn erneut zu küssen, aber sie wollte sich nicht zweimal abweisen lassen. Sie wartete darauf, dass er ihre Einladung annehmen, sich nach vorne beugen und das beenden würde, was sie begonnen hatte. Stattdessen verzogen sich seine Lippen zu einem amüsierten Lächeln. Seine Belustigung spiegelte sich in seinen dunklen, geheimnisvollen Augen wider. Er ließ seine Hand in ihre gleiten. Sie fühlte sich warm an auf ihrer kalten Haut.

„Du tanzt gerne, nicht wahr?", murmelte Richter.

„Ich könnte nicht in einem Klub leben, wenn ich nicht gerne tanzen würde", sagte Dawn. Sie krallte ihre Finger in seine Handfläche, spürte die Linien darin. Sie prägte sich das Gefühl seiner Haut auf ihrer ein, das Pochen seines

Blutes in seinen Adern. „Aber du hast mir eine private Show mit deiner Magie versprochen."

„Du hast auch gesagt, wir würden mehr über die Show im Allgemeinen reden. Aber ich glaube nicht, dass das der eigentliche Grund war, warum du mich hierher eingeladen hast", sagte er und zwinkerte ihr zu, bevor er sich aufrichtete. Er hielt immer noch ihre Hand fest und wartete darauf, dass sie seine Aufforderung zum Tanzen annahm.

Ihr Plan, Richter zu verführen – zu ihrem eigenen Vergnügen, aber auch, um mehr über ihn zu erfahren –, war bisher nicht so verlaufen, wie sie es geplant hatte, aber sie liebte Überraschungen. Es würde vielleicht mehr Mühe kosten, ihn zu brechen und ihn zu dem Ihrem zu machen. Dawn stand auf, aber er führte sie nicht hinaus in das Gedränge der Körper. Stattdessen legte er seine Hände seitlich auf ihr Mieder aus Samt und Spitze und ließ sie nach unten auf ihre Taille gleiten.

Und dann zog er sie näher an sich heran, fast besitzergreifend, sodass sich ihre Hüften berührten. Sie wiegten sich langsam, ganz unpassend zu der schnellen Musik, die durch den Klub schallte. Es war, als ob sie hier, an diesem Ort, wo nur sie beide waren, eine ganz andere Musik hörten.

„Diese VIP-Lounge …", hob Richter an. „Niemand da draußen kann hier hineinsehen?"

„Nur wenn ich es zulasse", antwortete Dawn. Sie legte eine Hand leicht auf seinen Arm und die andere wanderte seine Brust hinauf bis zu seinem Schlüsselbein. Er hatte jetzt beide Hände auf ihrem Rücken und beließ sie dort, während sie sich bewegten. Ihr Blick wanderte an Richter vorbei zu den ahnungslosen Klub-Gästen um sie herum. „Ist es nicht wunderbar, all diese Menschen zu beobachten, während sie einen nicht sehen können? Das bedeutet, viel Macht zu haben."

Zum ersten Mal wandte er seinen Blick von ihr ab, aber er lächelte nicht, während er zu der Menge blickte. „Ist es nicht einsam?", fragte er.

„Unsterblichkeit ist einsam, mein Süßer", sagte Dawn.

„Das muss aber nicht so sein."

Dann sah sie ihn an. Jetzt, da sie näher an ihm dran war, konnte sie die leichten Schatten unter seinen Augen sehen; die Schatten, die das raubtierhafte Glitzern in seinen Augen kontrastierten. Die Einsamkeit. „Nein, muss es nicht, aber du hast sie dir auch ausgesucht, nicht wahr?"

Anstatt zu antworten, änderte Richter das Tempo ihrer Bewegungen. Er wirbelte sie herum, und sie tanzten einen hitzigen, schnellen Tanz voller Drehungen und verschränkter Gliedmaßen. Richter bewegte sich anmutig. Er war ein erfahrener Tänzer, nicht nur was Klubmusik betraf, sondern auch in klassischen Stilen und allem dazwischen, wie das, was sie jetzt taten.

Richter war noch genauso rätselhaft wie gestern. Aber Dawn war bereit, sich die Mühe zu machen und Zeit zu investieren, um dieses Rätsel zu entschlüsseln. In nur einem Tag hatte sich Dawns Welt von düster und öde in eine Welt voller Möglichkeiten verwandelt. Sie alle wurden von der Glut Richters angeführt. In seiner Nähe war sie, so stark und beherrscht sie sich auch gab, wie eine Motte, die von seinem Licht angezogen wurde.

Als ihre Drehung zum Stillstand kam, hielt Richter Dawn in seinen Armen fest, ihren Körper fest an sich gedrückt. Sie atmeten beide schwer, und sie konnte spüren, wie sein Herz gegen ihre ruhige Brust schlug. Seine grauen Augen waren dunkler als zuvor und sahen mehr wie Pech aus als Rauch. Dawn fuhr mit den Fingern an seinem Kinn entlang, wo ein paar Stoppeln wuchsen.

„Keiner von uns muss weiterhin einsam sein", sagte sie. „Es gibt noch so viel mehr."

Richter erwiderte darauf nichts, sondern spannte nur seinen Kiefer an. Also schlang Dawn ihre Arme um seinen Hals. Etwas flackerte in seinen Augen auf, als sie ihn küsste: Verwirrung, Angst, Zweifel vielleicht, aber das war in dem Augenblick verschwunden, in dem sich ihre Lippen berührten und sie ihre Lider schlossen. Trotz seines anfänglichen Zögerns gierten seine Lippen nach ihren, als könnte er nicht genug von ihren Lippen, ihrem Mund und ihrer Zunge bekommen.

Und sie konnte gar nicht genug von *ihm* bekommen. Wenn es in dieser Welt göttliche Wesen geben sollte, dann schmeckte Richter so, wie sie sich den Geschmack von Göttern vorstellte. Bitter und süß zugleich, die gegensätzlichen Aromen von Verzweiflung und Unsicherheit in sich vereinend, die zu einem gemeinsamen Verlangen verschmolzen. Dawn wurde klar, dass nicht nur sie eine Motte war. Auch er reagierte auf sie wie ein Wesen mit zarten Flügeln, das die Flammen berühren wollte, aber Angst hatte, bei lebendigem Leib zu verbrennen.

Richters Hände wanderten schamlos über ihren Körper und berührten ihren Hintern. Dawn seufzte bei seiner Berührung und schob ihre Hüften nach vorne, um sich fester an ihn zu drücken. Ihre Lippen trennten sich nur, wenn sie nach Luft schnappen mussten, aber jeder war für den anderen der Sauerstoff. Lebensnotwendig. In zu großen Mengen jedoch tödlich. Seine Erektion drückte sich durch seine Jeans und gegen ihren Oberschenkel. Er wollte sie genauso sehr, wie sie ihn wollte.

Schließlich löste Dawn sich von ihm, außer Atem und berauscht von Richters Geruch und Geschmack.

„Komm", sagte sie und zog ihn am Arm. „Lass uns

zurück in meine Suite gehen, damit wir etwas Privatsphäre haben."

Er rührte sich nicht, sondern strich Dawn ein paar lose Haarsträhnen aus dem Gesicht. Sein Verlangen war deutlich in seinen Augen zu sehen, aber etwas hielt ihn zurück. Dawn wusste, dass sie nichts falsch gemacht hatte, was war es also?

„Danke für den schönen Abend", sagte er, „aber ich gehe jetzt besser nach Hause."

Dawn drückte ihren Körper gegen seinen und hob ihr Gesicht, sodass ihre Lippen weniger als einen Zentimeter voneinander entfernt waren. „Ich habe eine bessere Idee."

Richter neigte den Kopf und küsste statt ihrer Lippen ihren Hals. Sie bewegte sich, angenehm überrascht, von ihm weg, als er weiter nach oben wanderte, bis zu ihrem Ohrläppchen. Dann flüsterte er: „Geduld ist eine Tugend. Du wirst bald feststellen, dass deine Geduld entsprechend belohnt werden wird."

Er lächelte, als er sich von ihr entfernte, und küsste dann leicht ihre Hand, bevor er sich ganz von ihr löste.

„Gute Nacht, Dawn", sagte er. „Ich gehe davon aus, dass ich dich bald wiedersehen werde."

Jede einzelne von Dawns Poren brannte vor Verlangen. Sie hatte noch nie jemanden so sehr begehrt, dass sie bereit gewesen wäre, ihn in ihre Suite zu zerren und ihn davon zu überzeugen, dass er doch nicht gehen wollte. Aber Richter hatte recht, auch wenn er es nicht ausgesprochen hatte: Dawn war verwöhnt. Sie bekam alles, was sie wollte, wann sie es wollte. Er spielte mit ihrer Unfähigkeit zu warten, um das Verlangen, das zwischen ihnen zu brodeln begonnen hatte, zu verstärken und zu etwas Größerem werden zu lassen.

Etwas viel Größerem.

Und dafür und für *ihn* war Dawn bereit, sich in Geduld zu üben und zu sehen, wohin sie sie führen würde.

Das änderte jedoch nichts daran, dass Richter Williams seine Spielchen mit ihr trieb – und Dawn gefiel das außerordentlich. Wenn sie sich das nächste Mal sehen würden, würde sie ihm das aber nicht durchgehen lassen.

4

RICHTER

Die Luft des Vorfrühlings war noch etwas kühl, und das wurde umso deutlicher, je weiter sie aufs Meer hinausfuhren. Obwohl Richter und seine Freunde an der kalifornischen Küste lebten, war er in der Regel nur selten länger als ein paar Minuten auf dem Wasser. Danny Langton, der CEO von InnoCell und Richters Chef, war das genaue Gegenteil. Eine der ersten Anschaffungen, die er getätigt hatte, war seine Jacht *Saint Martha* – benannt nach der drachentötenden Heiligen –, und wann immer er konnte, fuhr er mit seiner Gefährtin Marissa aufs Meer hinaus.

Von der Gischt gekrönte Wellen schlugen gegen den Rumpf des Bootes, das sich vom Ufer entfernte. Richter klammerte sich an die Reling des obersten Decks und schaute auf das saphirfarbene Wasser hinaus. Das Morgengrauen zeichnete sich am Horizont ab, und die goldenen Wellen mit ihren rosafarbenen Farbspielen ließen ihn an eine gewisse Vampirin denken, die Herrin der Dunklen Rose.

Er wusste nicht, was er sich dabei gedacht hatte, sich mit

ihr einzulassen. Vampire waren vor langer Zeit sein Untergang gewesen und hatten ihn in eine Abwärtsspirale aus Dunkelheit und Drogen geführt. Richter konnte es bereits spüren: Dawn war eine Droge für ihn, und deshalb war sie gefährlich. Und doch konnte er nicht aufhören, an sie zu denken.

Es hatte ihn letzte Nacht eine Menge Selbstbeherrschung gekostet, sich nicht mit ihr in ihre Suite zu begeben. Vor allem, weil Alloy, der Richters nächtliche Eskapaden normalerweise nicht duldete, gewollt hatte, *dass* er mit Dawn ging.

Richter wollte sie, aber auch wenn sie sich für ihn nicht wie das Tor zu noch mehr Dunkelheit anfühlte, war sie nicht einfach nur irgendeine Frau. Sie war die Oberin eines mächtigen Vampirzirkels, und das würde zu Komplikationen führen, ob er es wollte oder nicht. Vorerst würde er wie geplant zur Zaubershow gehen und sich den Rest nach und nach zusammenreimen.

Hinter ihm stürmte Danny mit einer Champagnerflasche in der Hand auf die Reling zu. Er knallte sie auf, und ein Schwall von Schaum und prickelndem Champagner trieften auf das Deck.

„Hurra!", rief Danny. „Auf unsere neuen Freunde, Edward und Dale!"

Unten applaudierten und jubelten die Drachen-Gestaltwandler von InnoCell und einige ihrer Freunde. Danny machte sich mit der halb leeren Flasche in der Hand auf den Weg zur Treppe, kehrte dann aber um und klopfte Richter auf die Schulter.

„Komm schon, worauf wartest du? Komm und feiere mit. Es kommt nicht jeden Tag vor, dass wir weitere Drachen-Gestaltwandler finden. Es gibt so wenige von uns da draußen, dass wir eine würdige Party für unsere Brüder veranstalten müssen."

„Ich ...", hob Richter an, doch dann hielt er sich den Mund zu.

Danny hatte absolut recht. Bevor Michael Koff, der Leiter der Abteilung für Magie und Artefakte bei InnoCell, Edward und Dale vergangene Nacht rein zufällig am Strand gefunden hatte, waren sie davon ausgegangen, dass es auf der Welt weniger als zwanzig Drachen-Gestaltwandler gab. Jetzt schien es, dass es mehr sein könnten, auch wenn sie noch nicht genau wussten, wie viele.

Tatsache war jedoch, dass Richter sich kaum dazu durchringen konnte, sich um Edward, Dale und deren Freunde zu kümmern, die angeblich irgendwo auf sie warteten. Alles, woran Richter denken konnte, war Dawn und das Gewicht von vier Silberbarren in seiner Manteltasche – das Material, mit dem er das üben wollte, was er sich für Dawns Zaubershow ausgedacht hatte.

„Du überlegst, an einer weiteren deiner Statuen zu arbeiten, nicht wahr?", fragte Danny. „Ich bin sicher, dass Edward und Dale dir auch gerne bei der Arbeit zusehen würden, aber wie wäre es, wenn du zuerst etwas Zeit mit den anderen verbringst? Ich bin mir sicher, dass das Meer gut für deine künstlerische Ader ist, also wird es dir niemand übel nehmen, wenn du an deinen Kunstwerken arbeitest. Besonders, nachdem wir alle ein paar Drinks intus haben."

Richter lachte. „Alles klar, Mann. Ich komme mit und feiere mit euch."

Danny grinste und eilte die Treppe hinunter, um sich wieder der Party anzuschließen. Sie hatten vor, den ganzen Tag auf See zu sein, vom Morgengrauen bis zur Abenddämmerung, und morgen wieder zu arbeiten.

Obwohl Richter und Danny sich nicht sehr nahestanden, war dieser nicht umsonst der Geschäftsführer des Unternehmens. Er war überzeugend und charismatisch, ohne sich groß anstrengen zu müssen. Er wusste immer genau, was er sagen musste, sogar zu Richter, den die anderen gewöhnlich als das schwarze Schaf der Gruppe betrachteten. Er versuchte, es ihnen nicht übel zu nehmen, dass sie ihn so wahrnahmen, schließlich hatte er ihnen und dem Unternehmen im Laufe der Jahre eine Menge Ärger bereitet, wenn auch meist nur aus Versehen.

Das bedeutete jedoch nicht, dass es ihm gefiel, das schwarze Schaf zu sein; derjenige, den die anderen nur aus Pflichtgefühl zu solchen Veranstaltungen einluden, nicht weil sie ihn wirklich dabei haben wollten.

Du weißt, dass das nicht wahr ist, flüsterte Alloy in Richters Kopf. *Das denkst du nur, weil es einfacher ist, ihnen die Schuld für deine Fehler zu geben, anstatt die Verantwortung zu übernehmen. Hättest du dich nicht so sehr angestrengt, sie wegzustoßen, so wie du mich weggestoßen hast, wärt ihr euch viel näher.*

„Vielleicht hätte ich sie nicht von mir gestoßen, wenn ich von Anfang an das Gefühl gehabt hätte, dass sie mit mir zusammen sein wollen", erwiderte Richter.

Was ist mit Liam? Er ist immer für dich da gewesen, auch wenn du es nicht wolltest.

Liam Sallow war Richters bester Freund. Er war derjenige, der Richter geholfen hatte, seinem Lebensstil bestehend aus Drogen, Frauen, Vampiren und anderen gefährlichen Kreaturen der Dunkelheit ein Ende zu setzen. Er hatte Richter, auch wenn dieser sich heftig gewehrt hatte, aus dieser Hölle gezerrt und ihn in die Wirklichkeit zurückgeholt. Nach einem Jahr in einer Entzugsklinik für magische Menschen und von magischen Drogen – sie unterschieden sich von den Drogen wie Kokain, die Menschen konsumierten, sehr stark, da die meisten dieser Substanzen auf Menschen mit magischem Blut nicht dieselbe Wirkung hatten –, war Richter in die reale Welt zurückgekehrt. Und diese war einfach nur beschissen.

Aber jetzt ging es Richter besser, und er war dankbar für alles, was Liam für ihn getan hatte. Dennoch hatte Richter ihn, wie alle anderen auch, von sich gestoßen.

„Das spielt keine Rolle", sagte Richter und stieß sich vom Geländer ab. „Was geschehen ist, ist geschehen."

Willst du Dawn auch wegstoßen?

Darauf hatte Richter keine Antwort, denn er wusste es nicht. Bis jetzt fühlte sich alles zwischen ihm und Dawn surreal und elektrisierend an. Aber Richter zögerte, sich zum jetzigen Zeitpunkt mit jemandem einzulassen, selbst mit jemandem, der so berauschend war wie sie. Gleichzeitig war er sich nicht sicher, ob er ihr würde widerstehen können. Momentan musste er so tun, als ob das alles keine Rolle spielte, und sich zu den anderen auf dem untersten und größten Deck gesellen.

Dort waren Liegestühle verteilt, und alle außer Richter trugen einen Bikini oder Badeshorts. Sie hatten offenbar vor, mit Edward und Dale, die Wasserdrachen waren, ins Wasser zu springen. Richter jedoch wollte an Deck bleiben und für die Zaubershow üben.

„Schaut mal, wer sich uns angeschlossen hat!", rief Liam. Seine Haare waren schwarz gefärbt, und die hellbraunen Wurzeln traten hervor. Er und seine schwarze Badehose waren bereits mit Meerwasser bespritzt, als hätte er zu lange am Rand der Jacht gestanden. Er überquerte das Deck, um Richter zu begrüßen. „Ich hätte fast erwartet, dass du den ganzen Tag drinnen bleibst. Komm, ich stelle dir Edward und Dale vor. Du wirst sie mögen."

Liam war wie Richter, denn im Gegensatz zu den anderen Drachen-Gestaltwandlern schien es sonst niemanden mit ihren Fähigkeiten zu geben. Liam war ein Schattendrachenwandler, was ihm Macht über die Schatten und die Dunkelheit verlieh. Und das bedeutete – wie sie alle vor ein paar Monaten gelernt hatten –, dass er seinen Drachen in einen riesigen Schatten verwandeln konnte, der weiterhin tödlich war.

„Edward, Dale, das ist mein bester Freund, Richter Williams", sagte Liam.

Es freute Richter, dass Liam sie nach all der Zeit immer noch als beste Freunde bezeichnete. Vielleicht hatte Alloy recht und seine düstere Sichtweise auf seine Freundschaften war unnötig und diente nur dazu, seine Einsamkeit zu verstärken. Obwohl er nicht alles glaubte, was Alloy sagte, konnte Richter das, was Liam gerade von sich gegeben hatte, nicht leugnen.

Edward und Dale waren beide sehr muskulöse Männer und wie Bodybuilder gebaut, wahrscheinlich weil sie sehr viel schwammen und trainierten. Das war eines der wenigen Dinge, die Richter über Wasserdrachen wusste: Sie liebten Schwimmen, deshalb fuhren sie gerne aufs Meer hinaus, anstatt an Land zu feiern. Sie hatten beide dichte, dunkelbraune Haare, und bei dem einen waren sie etwas länger. Die beiden Zwillingsbrüder wären ansonsten nicht zu unterscheiden gewesen.

„Richter, ich freue mich sehr, dich kennenzulernen", sagte Edward. Er war derjenige mit den längeren Haaren.

Dale nickte. „Wir haben schon so viel von dir gehört. Du scheinst ein ziemlicher Partylöwe zu sein, was?"

„Oh, ah, na ja, hahaha ...", erwiderte Richter und lachte nervös. „Jetzt aber nicht mehr so sehr."

„Mein Lieber, das Partyleben wählt *dich* aus. Wenn du

einmal drin bist, dann bist du *drin*, verstehst du?" Dale umschloss Richters Hand mit einem rauen Händedruck. „Deine Freunde wissen, wie man eine Party schmeißt. Aber wenn es für uns an der Zeit ist, in die Stadt zu gehen? Dann werden wir uns an dich wenden."

Richter lächelte, und obwohl er erwartet hatte, dass es sich gezwungen anfühlen würde, war es das nicht. Dale und Edward schienen ziemlich harmlos zu sein. Obwohl Richter den Klubs und Partys abgeschworen hatte und eigentlich produktivere Wege finden wollte, um seine Zukunft zu finanzieren, hatte er dieses Vorhaben bereits auf spektakuläre Weise vereitelt, indem er Dawn versprochen hatte, an ihrer Zaubershow teilzunehmen. Und ganz ehrlich? Er fühlte sich gut. So gut wie seit Jahren nicht mehr.

Es würde ihm nicht schaden, mit seinen neuen Freunden auszugehen und ihnen eine gute Zeit zu bescheren.

„Ich kenne die besten Klubs", sagte Richter. „Nächste Woche gehen wir aus, ja?"

Edward stieß eine Faust in die Luft. „Ja, Mann! Das machen wir. Verdammt, so viel Spaß hatten wir seit Jahren nicht mehr!" Er nippte an seinem Getränk, einer bernsteinfarbenen Flüssigkeit, die mit Eis gefüllt und einem hübschen, rosa Schirmchen dekoriert war.

„Ihr kommt also nicht viel raus? Woher kommt ihr zwei?", fragte Richter.

„Aus dem verdammten Nirgendwo, und zwar dort", antwortete Dale. „Eine Insel etwas nördlich der hawaiianischen Inseln. Wir sind insgesamt sechs. Ist das zu glauben?"

Richter runzelte die Stirn. „Wow. Das ist wirklich mitten im Nirgendwo. Warum da draußen und nicht ... du weißt schon, Hawaii?"

„Weil die Insel voll ist mit ..."

Edward stieß Dale den Ellbogen in die Rippen, um ihn zum Schweigen zu bringen.

„Aua", machte Dale. „Ja, wir sollten nicht darüber reden." Er seufzte. „Eigentlich sind wir die Wächter des Ortes, unsere kleine Gruppe von Drachen-Gestaltwandlern. Keiner kommt rein oder raus."

„Aber ihr seid rausgekommen", sagte Liam. Auch er nippte an einem Drink, der mit einem kleinen Schirmchen dekoriert war. Richter hätte auch gerne einen. „Was steckt dahinter?"

„Es ist so", hob Edward an und begann zu lachen. „Wir wollten eigentlich nach Hawaii. Die Insel ist viel näher als das Festland. Wir sind langsam verrückt geworden, weißt du. Man sollte nicht so lange so weit weg von anderen Menschen sein."

„Von *Frauen*, meinst du", sagte Dale.

„Ja, ja, ein Mann sollte nicht so lange von Frauen ferngehalten werden. Auf der Insel gibt es keine, nur sechs Hengste. Das führt manchmal zu Wettbewerben, wer den Längsten hat. Oh Gott, manchmal würde ich unseren Anführer am liebsten erwürgen", fuhr Edward fort. „Jedenfalls dürfen wir uns nicht allzu weit entfernen, weil wir die Insel beschützen müssen, was auch immer. Wir schleichen uns alle paar Monate raus, sonst verlieren wir den Verstand. Aber diesmal war es anders. Es gab einen Sturm, und selbst als Drachen haben wir völlig die Orientierung verloren. Schließlich wurden wir in der Tiefsee bewusstlos, und als wir wieder aufgewacht sind, haben wir uns direkt am Strand in der Nähe von Blackfall befunden. Zum Glück hat Danny uns gefunden."

„Ich wusste gar nicht, dass es da draußen noch andere Drachen-Gestaltwandler gibt", sagte Dale. „Wir kennen ein paar andere, aber das war's auch schon. Das war einer der Gründe, warum wir uns immer zurückgehalten haben."

„Für uns war es genauso", sagte Liam. „Abgesehen von unseren Familien dachten wir, wir wären die Einzigen. Es ist verdammt gut zu wissen, dass es da draußen noch andere gibt."

„Wenn wir Klein – unseren Anführer – davon überzeugen können, musst du uns auf der Insel besuchen kommen, wenn wir endlich wieder zu Hause sind. Es wird dir gefallen. Es ist praktisch ein Paradies für Drachen."

„Ja, wirklich?", fragte Richter. „Ich hoffe, ihr könnt ihn überzeugen."

Diese seltsamen, neuen Drachen-Gestaltwandler waren ein Symbol der Hoffnung für ihre Art. Vielleicht war ihre Zahl doch nicht so gering. Und selbst wenn diese sechs auf dieser geheimnisvollen Insel mitten im Nirgendwo die einzigen anderen auf der Welt sein sollten, so war doch allein die Tatsache, dass es mehr von ihnen gab, als Richter erwartet hatte, eine erstaunliche Entdeckung. Es war, als hätte er entdeckt, dass es innerhalb seiner Familie einen ganzen Zweig gab, von dem bisher niemand etwas gewusst hatte.

Wie aufregend! Aber auch ein bisschen beängstigend. Dennoch wunderbar.

Richter hoffte, dass er sie eines Tages alle kennenlernen würde. Vor allem, wenn das bedeutete, auf diese Insel zu reisen, die auf keiner Karte verzeichnet war. Welche Geheimnisse hüteten sie dort? Was *bewachten sie* dort? Es war ein Geheimnis, das an Richter nagen würde, bis er Antworten erhalten hätte. Er konnte nur hoffen, dass er die Wahrheit zu gegebener Zeit herausfinden würde. Es musste einsam sein für die Drachen, die auf dieser Insel lebten. Jahrelang nur sie sechs und niemand sonst, zumin-

dest, wenn sie sich nicht wie Edward und Dale hinaus-
schlichen.

Schließlich fuhr die Jacht weit hinaus aufs Meer, wo die
Küste nicht mehr zu sehen war. Die Sonne lugte gerade
über den Horizont, und als sie vollends zu sehen war,
sprang Danny auf.

„Wir sind da! Hier können wir schwimmen!", rief er und
stürzte sich ins Wasser. Ein gewaltiges Platschen ertönte,
und alle jubelten.

Edward und Dale standen wenige Sekunden später an
der Reling, aber anstatt Danny die Leiter hinunter zu folgen,
drehten sie sich zu Liam, Richter und den anderen auf dem
Schiff und riefen gleichzeitig: „Seht her!"

Und dann zogen sie ihre Badehosen herunter.

Bevor alle jedoch ihre Schwänze bewundern konnten,
begannen die Zwillinge ihre Verwandlung. Azurblaue
Schuppen tauchten an ihren Beinen und Oberschenkeln
auf und bedeckten ihre Körper mit Drachenmuskeln, bis sie
nicht mehr menschlich waren, sondern lange, schlangenar-
tige Kreaturen mit kräftigen Gliedmaßen. Ihre Flügel
erhoben sich weit über ihre Köpfe, aber im Gegensatz zu
Richters Drachengestalt sowie allen anderen von InnoCell
waren Edwards und Dales Flügel durchsichtig und creme-
weiß. Die Jacht war so groß, dass sie beide mühelos auf dem
Deck Platz fanden, obwohl das Boot unter dem zusätzlichen
Gewicht schwankte.

„Wow", sagte Richter. „Ja, es sind Drachen, aber sie
sehen uns überhaupt nicht ähnlich. Das ist so ..." Er konnte
das richtige Wort nicht finden.

„Unglaublich?", ergänzte Michael, der sich Richter zum
ersten Mal an diesem Morgen näherte. Sein langes, silbrig-
weißes Haar war zu einem Pferdeschwanz zusammenge-
bunden, damit es ihm nicht ins Gesicht fiel. Seine eisblauen

Augen, die normalerweise kalt und hart waren, wenn sie auf Richter gerichtet waren, waren ausnahmsweise warm wie Quellwasser und luden zu einem Gespräch ein.

Doch Richter merkte, dass ihm alles, was er hätte sagen können, im Halse stecken blieb und ihn nicht mehr losließ. „Ja. Unglaublich", sagte er, und das war alles, was er herausbrachte.

Edward und Dale gaben einen trillernden Laut von sich und erhoben sich in den Himmel. Ihre Flügel sahen viel zu zerbrechlich aus, um ihre riesigen, schlangenförmigen Körper zu tragen, aber sie schwebten in der Luft und legten ihre Flügel dann eng an ihren Körper an, sodass sie eine Membran bildeten, die sie an Ort und Stelle schweben ließ, ohne die Luft aufzuwirbeln. Sie hatten Dutzende ähnlicher Membranen an ihrem ganzen Körper, wie Miniaturflügel, die ihr Gewicht stützten, während sie in der Luft schwebten. Richter hatte so etwas noch nie gesehen. Er hatte sich definitiv nicht vorstellen können, dass es da draußen Drachen geben könnte, die anders aussahen als er und seine Freunde.

Die Zwillinge wirbelten durch die Luft, und Magie vernebelte die Atmosphäre, während sie sich immer schneller bewegten, bis sie sich schließlich ein Stück von Danny entfernt ins Meer stürzten. An der Stelle ihres Aufpralls schlugen Wellen auf, und Danny schwamm auf einer davon und schrie dabei seine Begeisterung heraus. Alle anderen drängten sich am Rand des Schiffes und hielten Ausschau nach den beiden Drachen im Wasser. Michael und Liam machten sich ebenfalls auf den Weg zur Reling, aber Michael drehte sich um und sah Richter an, als dieser sich nicht bewegte.

„Kommst du? Es ist Zeit, ins Wasser zu gehen", sagte Michael.

Richter schüttelte den Kopf. „Nein, du weißt, dass ich kein guter Schwimmer bin. Vielleicht schließe ich mich euch an, sobald ich ein paar Drinks intus habe, wie Danny sagte."

„Du musst ein bisschen lockerer werden, hm? Das sieht dir gar nicht ähnlich, Richter. Ich bin froh, dass es dir besser geht."

Michael ging davon und ließ Richter in noch größerem Unklaren über seinen Status bei seinen Freunden zurück. Richter hatte gedacht, dass sie alle immer noch wütend auf ihn wären, weil er sie alle von sich gestoßen hatte. Er hatte noch keinem gesagt, dass er vorhatte, sein Leben auf die Reihe zu kriegen – diesmal wirklich –, und sie behandelten ihn alle so, als wäre er einer von ihnen, ohne dass er sich hatte überzeugen müssen. Es war ... schön. Es war so lange her, dass Richter sich von ihnen akzeptiert gefühlt hatte.

Er sah zu, wie sie alle ins Wasser sprangen, um sich Danny und den Zwillingsdrachen anzuschließen, die in der Nähe aufgetaucht waren. Danny und Marissa kletterten bereits auf den Rücken eines der Drachen – für Richter war es unmöglich zu sagen, ob es Edward oder Dale war – und ritten kreischend und lachend übers Wasser und tauchten unter.

Sobald jedoch alle außer Richter im Wasser waren, ging er zum Bug und legte seine Silberbarren auf die flache Stelle unter der Reling. Er musste üben, wenn er für die Zaubershow vorbereitet sein wollte. Er und Dawn hatten zwar nicht über die Einzelheiten gesprochen, als er sie das letzte Mal gesehen hatte, aber ihr Assistent Cyrus hatte ihm gestern ein paar Vorschläge gemacht, wie Richter seine Show verbessern könnte, um sie spannender und flüssiger zu machen.

Obwohl Richter Cyrus nicht sonderlich mochte – und er

wusste nicht, warum er so über den jungen Mann dachte –, hatten ihm seine Vorschläge gefallen. Also hatte er sie zumindest ausprobieren wollen, bevor er sich weitere Dinge ausdenken würde. Als Richter begann, seine und Alloys Magie herbeizurufen und mit der Arbeit an seiner nächsten Statue zu beginnen, dachte er an Dawn.

Und, verdammt noch mal, er *wollte* an sie denken. Der hungrige Ausdruck in ihren Augen, die Art, wie sie ihre Lippen zusammenpresste, wenn sie nachdachte; wie sie sich an ihn gedrückt hatte, als sie getanzt hatten. Wenn er die Augen schloss, konnte er ihre weichen Finger auf seiner Handfläche spüren, die Kühle ihres Halses auf seinen Lippen. Den Geschmack ihres Mundes, ihrer Zunge, ihrer Lippen.

Die berauschende Kraft, die von ihr ausging, als hätte sie die ganze Welt für sich beansprucht und verlangte, dass jeder, der sie ansah, das auch erfuhr.

Metall bewegte sich in Wellen um Richter, unberechenbar und leidenschaftlich, während er an Dawn dachte. Sie verschlang seine Gedanken, und er konnte sich dagegen nicht wehren. Sie hatte einfach etwas an sich, dem er nicht entkommen konnte, nicht entkommen *wollte*. Jedes Wort aus ihrem Mund war wie ein Zauber oder ein Fluch und verlangte seine Aufmerksamkeit. Und auch wenn er mit ihr gespielt hatte, indem er so getan hatte, als wollte er sie nicht – auch wenn er wusste, dass ihr durchaus klar war, wie sehr er sie begehrte –, schien das die Wirkung, die sie auf ihn hatte, nur noch zu verstärken.

Sie konnte ebenfalls zaubern. Er hatte gesehen, wie sie den magischen Schleier verändert hatte, der die VIP-Lounge für die Klubbesucher unzugänglich gemacht und dafür gesorgt hatte, dass dieser Ort – obwohl er sich mitten im Klub befand – für jeden, der ihn nicht hatte sehen sollen, nahezu unsichtbar blieb. Was konnte sie sonst noch mit ihrer Magie anstellen? Hatte sie etwas mit ihm gemacht, dass er so über sie dachte?

Das bezweifelte er, denn als er sie zum ersten Mal gesehen hatte, war es, als wäre er vom Blitz getroffen worden. Als wäre alles auf der Welt ein bisschen heller geworden, ein bisschen perfekter, weil er sie gefunden hatte.

Und selbst wenn es sich um Magie handeln sollte, konnte Richter nicht ernsthaft behaupten, dass er wollte, dass sie aufhörte. Von ihm aus konnte sie ihn in ihrem Bann halten.

Der Duft des Meeres kitzelte Richter in der Nase, und der Wind streichelte seine nackten Arme und seine Brust und bewahrte ihn davor, zu tief in seine Gedanken an Dawn zu versinken. Er war immer noch auf der Jacht, seine Freunde schwammen im Meer unter ihm, und seine Finger und sein Geist kontrollierten die Silbertropfen, als wäre er ein Dirigent, der eine komplexe Reihe von Musiknoten zu einer Symphonie verband.

Eine Stunde verging. Zwei Stunden. Richter schuf mehrere Statuen, riss sie dann wieder auseinander und begann von Neuem. Er probierte verschiedene Techniken aus. Einige waren seine eigenen, einige waren von Dawn und Cyrus vorgeschlagen worden, und wieder andere waren ihm nach und nach eingefallen.

„Du arbeitest immer noch an deiner Statue, hm?", rief Danny von hinten.

Richter hatte die Augen geschlossen, aber er öffnete sie beim Klang von Dannys Stimme. Die goldenen Streifen der Morgendämmerung waren längst vergangen, und die Sonne begann bereits, sich wieder dem Horizont zu nähern. Mehr als ein halber Tag war vergangen wie ein Wimpernschlag. Richter war am Bug des Schiffes geblieben und hatte seine

Freunde ignoriert, um einen meisterhaften, magischen Akt zu vollbringen, der jeden in Erstaunen versetzen würde.

Er hätte sich schlecht fühlen müssen, aber stattdessen war er erleichtert. Er dachte, er hätte es geschafft.

„Ich bin gerade fertig", sagte Richter. Er trat von der Statue weg, die nicht mehr auf dem Geländer stand, da sie zu groß war. Sie stand stattdessen auf dem Deck, versteckt im Schatten, aber dennoch ein meisterhaftes Kunstwerk.

Die meisten von Richters Statuen stellten schöne Frauen oder Drachen dar. Manchmal beides. Diese hier war ein wenig anders.

Ein kunstvoll geschnitzter Drache schlängelte sich um den dünnen Stamm eines hohen Eukalyptusbaums, und jede Schuppe des Drachen und jedes Blatt des Baums waren bis ins kleinste Detail ausgearbeitet. Nach kunsthistorischen Maßstäben war es nichts Beeindruckendes oder Einzigartiges, aber der Drache hatte etwas Gespenstisches an sich aufgrund der Art, wie er in das Dickicht des Baumes blickte, als ob er nach etwas lange Verlorenem suchte.

„Sie ist ... wunderschön, Richter", sagte Danny. „Sind alle deine Statuen so? Ich muss zugeben, ich habe noch nicht viele gesehen."

„Diese hier ist anders."

Danny schaute über seine Schulter. „Hey, Leute, kommt und seht euch Richters neues Meisterwerk an!"

Die pure Ehrfurcht in Dannys Stimme ließ Richters Inneres vor Stolz erbeben. Er hatte sich vorgenommen, ein Meisterwerk zu schaffen, etwas, das eines Publikums und einer entsprechenden Aufführung würdig war, und er hatte es geschafft. Alles dank Dawn und ihrer Zaubershow. Vielleicht weniger die Show und mehr Dawn. Er hatte nicht aufhören können, an sie zu denken, während er die Statue gemacht hatte.

Die anderen drängten sich an den Bug des Schiffes, und Richter drückte sich an die Reling, damit alle einen guten Blick darauf werfen konnten.

„Hast du das gemacht?", fragte Edward. „Hm. Ich bin kein Kunstkenner, aber sie hat etwas so ... Verlockendes an sich, findest du nicht?"

Alle murmelten zustimmend, aber es war Liam, der Richter die Hand auf die Schulter legte und sagte: „Damit hast du dich wirklich selbst übertroffen. Es ist deine bisher Beste."

Richter nickte. „Ja. Ja, ich glaube, das ist sie."

Während sich alle die Zeit nahmen, das Werk genauer zu betrachten, zog sich Richter in seine Gedanken zurück. Diese Statue war bei Weitem seine bisher beste Kreation, und er hatte sie nur geschaffen, weil er stundenlang versucht hatte, nicht zu viel an Dawn zu denken, und seine Gedanken endlich dorthin gegangen waren, wohin sie hatten gehen müssen. Er dachte an Dawn; nicht nur an ihre beiden kurzen Begegnungen, sondern auch an die Zukunft. Eine Zukunft, die Richter vielleicht mit einer Frau würde aufbauen können, die mit ihm sprach, als würde sie die Dunkelheit in seinem Herzen verstehen.

Diese Statue hatte Stunden gedauert, aber Richter war der Ansicht, dass er, wenn er sich die ganze Zeit auf Dawn konzentrieren würde, in einer Viertelstunde oder weniger etwas ebenso Großartiges oder noch Großartigeres schaffen könnte. Was sagte das über ihn und Dawn aus?

5

DAWN

Nach fast drei Wochen intensiver Vorbereitung – die Dawn auf Wunsch von Cyrus größtenteils selbst beaufsichtigt hatte – sollte die Zaubershow nun beginnen. Es gab Hexen, Elfen und Feen mit ihren magischen und gefährlichen Darbietungen, und dann war da noch Richter, der bei jedem seiner Auftritte die Menge in Erstaunen versetzt hatte.

So hatte sich zumindest Dawn gefühlt, als sie zum ersten Mal Zeugin von Richters Magie gewesen war.

Obwohl sie den letzten Akt noch nicht gesehen hatte – der noch ausgefeilter sein sollte als derjenige, den er bei seinem Vorsprechen gezeigt hatte –, hatte sogar Cyrus, von dem Dawn spürte, dass er Richter nicht besonders mochte, gesagt, dass er etwas Besonderes sein würde. Jetzt wartete Dawn hinter dem schwarzen Samtvorhang, der die Bühne vor den Blicken des Publikums verbarg. Obwohl sie genauso gespannt war wie alle anderen, mit welchen Tricks die Künstler sie überraschen würden, musste sie die Ansprache halten, bevor sie sich selbst im Publikum niederließ.

Die Bühne war viel größer als die improvisierte, die sie

während des Vorsprechens aufgebaut hatten, und sie verfügte über einen Holzboden und einen schwarzen Samtvorhang. Alles außer der Bühne war stockdunkel, was die Aufmerksamkeit aller auf das einzige Licht lenkte, das auf der Bühne auftauchte. Dawn trat in dieses Licht.

Unten sahen über hundert Besucher erwartungsvoll zu ihr auf. Knapp die Hälfte waren Vampire aus ihrem Vampirzirkel, die anderen waren Freunde der Darsteller oder neugierige Klubbesucher, die erst vor wenigen Minuten von der geheimnisvollen Show erfahren hatten. Sie alle waren kurz davor, der Darbietung ihres Lebens beizuwohnen.

„Magie ist selbst für diejenigen, die sie anwenden, etwas Kurioses", sagte Dawn. „Manchmal ist sie in ihrer Komplexität eher mit der Wissenschaft vergleichbar, während andere Arten von Magie so unerklärlich und vielfältig sind wie das Leben selbst."

Dies war Dawns Teil der Show, in dem sie, bevor sie auch nur einen Hauch von Magie eingesetzt hatte, bereits den ganzen Saal in ihren Bann gezogen hatte. Sie schnippte mit den Fingern, und neben ihr auf der Bühne erschien ein imaginärer Tiger, so groß wie ein Auto. Die Zuschauer staunten, als sich das durchsichtige Tier erhob, um die Vorderseite der Bühne zu erkunden. Seine unheimlichen, rosafarbenen Augen starrten jeden an.

„Magie", fuhr sie fort, „ist die Essenz des Universums, eine lebensspendende Kraft, die es Menschen wie uns ermöglicht, im Verborgenen zu leben und zu gedeihen. Sie hat auch die Macht zu töten und zu zerstören." Sie schnippte erneut mit den Fingern, und während der Tiger weiterlief, erschien ein geflügeltes Tier über seinem Kopf.

Sie hatte diese Rede und ihren Auftritt allein in der letzten Woche ein Dutzend Mal geübt. Diese Kreatur sollte ein tropischer Vogel sein, aber stattdessen beschwor sie das

Bild eines blauen Drachens herauf. Sie starrte ihn an, genauso perplex und verzaubert wie die Menge, die mit angehaltenem Atem dasaß. Dawn erkannte, dass die Kreatur aus ihren ständigen Gedanken an Richter entstanden war. Sie hatte geglaubt, sie hätte ihn in die Tiefen ihres Seins verbannt ... aber die Magie kam aus dem Innersten der Menschen hervor, so zumindest hatten es die Gelehrten in der Vergangenheit gesagt.

Der Drache kreiste und der Tiger streifte umher, und Dawn trat nach vorne. „Für viele wird diese Show nur ein schönes Spektakel sein", sagte sie. „Für andere wird sie das Leben verändern. Lassen Sie sich überraschen!"

Auf einmal sprangen der Drache und der Tiger in die Menge und lösten sich in einem feinen, rosafarbenen und blauen Nebel auf. Die Zuschauer schrien auf, merkten jedoch schnell, dass es überhaupt keinen Grund zur Sorge gab.

Während das Publikum abgelenkt war, hüllte sich Dawn in einen Mantel der Illusion, der sie für eine Sekunde unsichtbar machte, gerade lange genug, um von der Bühne zu verschwinden. „Herzlich willkommen zur ersten *Coven's Call Magic Show*", sagte sie. „Genießen Sie sie!"

Dawn ließ sich auf ihren Platz in der ersten Reihe vor der Bühne nieder, ein schelmisches Grinsen im Gesicht. Das allein zu machen, hatte Spaß gemacht, aber das vor einem ganzen Publikum zu tun, war noch aufregender.

Nun, da der erste Akt begann, kehrten Dawns Gedanken zu Richter und dem Drachen zurück, den sie aus Versehen beschworen hatte. Gefährliche Feuerzauber loderten auf die Bühne, aber Dawn registrierte das kaum. Sie hatte vor dem heutigen Tag noch nie einen Drachen beschworen, sondern nur Tiere, die sie in natura gesehen hatte. Ihre Gedanken waren in diesem Augenblick zu

Richter gewandert, aber warum hätte das etwas ändern sollen?

Hatte sein Metalldrache von letzter Woche sie irgendwie inspiriert?

Nein, das konnte es nicht sein. Es war etwas, das darüber hinausging, und da sie den genauen Grund dafür nicht ausmachen konnte, fühlte sie sich etwas unwohl.

Die Menge applaudierte, und Dawn blickte auf, um festzustellen, dass die erste Darstellerin – die Hexe, die am selben Abend wie Richter vorgesprochen hatte – gerade ihren Auftritt beendete. Dawn hatte fast ihre gesamte Vorstellung verpasst. Abgesehen von den Feuerstößen, die sich in einer gefährlichen Hitzewelle über das Publikum ergossen hatten, hatte Dawn keinen Grund gehabt, dem Ganzen ihre Aufmerksamkeit zu schenken.

Obwohl Dawn gespannt gewesen war, wie alles zusammenpassen würde, hatte sie die letzten Vorstellungen der meisten anderen bereits gesehen. Mit Ausnahme von Richter und ein paar anderen, die erst später dazugekommen waren. Richter würde der Letzte sein, und Dawn konnte nur an ihn denken. Was würde er dieses Mal mit seiner Magie anstellen? Wie hatte sich sein Auftritt im Vergleich zum letzten Mal verändert?

Würde Dawn die Unterschiede auf Anhieb erkennen?

Sie hoffte, dass sie dazu in der Lage wäre. Seit sie Richter kennengelernt hatte, träumte sie jede Nacht von ihm und seiner herrlichen Metallmagie. Sie hatte sich alles eingeprägt, um es immer wieder sehen zu können, sowohl im Schlaf als auch im Wachzustand.

Die Show ging weiter, und obwohl Dawn diesmal aufmerksamer war, galt ihre wachsende Aufregung vor allem der Tatsache, dass Richters Auftritt immer näher rückte.

Eine Elfe ließ aus einem Stück Erde einen Apfelbaum wachsen, und die Äste wurden so groß und beladen mit Früchten, dass die Zuschauer aufstehen konnten, um sich einen saftigen Apfel abzureißen. Ein Feenjunge vollführte einen akrobatischen Parcours, bei dem er sich schwebend und mit verbundenen Augen durch Feuerreifen bewegte. Und ein Dutzend weiterer Darbietungen verging wie im Flug. Alle begeisterten das Publikum, aber diese Darbietungen waren nur die Vorboten für Richter, der der Star der Show war.

Und endlich war er an der Reihe. Dawn saß aufrechter in ihrem Sitz, die Augen weit aufgerissen, damit sie keine Millisekunde verpasste. Aber Richter tauchte nicht sofort auf. Stattdessen ertönte hinter der Bühne leise, klassische Musik, und wenn Dawn nicht absolut aufmerksam gewesen wäre, hätte sie anfangs den langsamen Strom silberner Tropfen übersehen, der hinter dem Vorhang hervorkam und über der Bühne schwebte.

Die Tröpfchen flossen in einem wellenförmigen Muster aus den Vorhängen und kringelten sich im Rhythmus der Musik. Hunderte, nein, Tausende von ihnen bewegten sich zur langsamen Melodie des Klaviers und der Violine, einer schwermütigen Weise, die sie sich für einen langsamen Tanz eignete. Und genau das taten die schwebenden Metallteile auch. Sie tanzten. Als Nächstes gesellte sich hinter dem Vorhang ein Strom kupferfarbener Tröpfchen dazu. Und schließlich auch Richter.

Er trug einen einfachen, schwarzen Anzug und eine silberne und kupferne Maske. Dawn hatte keine Ahnung, was er vorhatte, aber bis jetzt war alles wunderschön; eher wie eine Theatervorstellung als ein Auftritt bei einer Zaubershow, die im Hinterzimmer eines Vampirklubs organisiert wurde.

Während die Musik an Geschwindigkeit und Eindringlichkeit zunahm, begann Richter zu tanzen. Er bewegte sich mit dem Fluss des schwebenden Metalls, aber auch gegen ihn, und bildete einen Kontrast, der dazu führte, dass Richter seine Arme hob und sich drehte, drehte, drehte, wobei das Silber und das Kupfer in einer Spirale um ihn und über ihm wirbelten. Und dort, wo sich die beiden Farben über ihm trafen, begannen sie sich direkt im Licht des Scheinwerfers zu vereinigen. Silber und Kupfer verschmolzen zunächst zu zwei riesigen Metallbögen, doch dann drehten sich die Bögen und verschmolzen miteinander, um etwas völlig Neues zu erschaffen.

Nach ein oder zwei Augenblicken wurde klar, dass es sich um eine Frau handelte. Mit langen, schlanken Beinen und breiten Hüften saß sie mit einem Bein über dem anderen da und lehnte sich mit gekrümmtem Rücken gegen den Sitz. Dawns Haut begann zu kribbeln, als sie sich fragte, welche Frau Richters Aufmerksamkeit so sehr erregte, dass er *ihr* heute Abend nach einer so atemberaubenden Vorstellung eine Statue schenkte. Welche Frau verdiente eine solche Ehre?

Doch als sich die Statue der Vollendung näherte, hielt Dawn den Atem an. Es war nicht nur irgendeine Frau. Es war *sie*. Ein perfektes Abbild von ihr, erschaffen von diesem unglaublich talentierten Mann. Dawns Herz schlug ihr bis zum Hals, als sie aufstand.

Die Statue senkte sich vor ihm auf die Bühne. Nicht ganz lebensgroß, aber nahe dran, und mit dem Können eines Meisters gefertigt.

Aufgrund seiner Maske konnte sie es nicht mit Sicherheit sagen, aber Dawn könnte schwören, dass er sie direkt ansah, als er sich während des Applauses verbeugte.

Auch wenn das nicht der Fall sein sollte, war es Dawn

egal. Er hatte diese Statue für sie gemacht, und das konnte sie nicht unbeantwortet lassen. Sie wollte ihn haben. Und zwar jetzt.

Sie hatte lange genug gewartet.

Der Beifall wollte nicht enden, und Richter verschwand hinter der Bühne. Wenige Augenblicke später ging das Bühnenlicht wieder an, und Cyrus erschien, um die Abschlussrede für die Zaubershow zu halten. Als er zu sprechen begann, hatte sich Dawn jedoch bereits aus dem Publikum hinter die Bühne geschlichen, wo Richter mit den anderen Künstlern plauderte.

„Wow, dein Auftritt war umwerfend", sagte die Hexe zu Richter. Sie legte eine Hand suggestiv auf seinen Arm. Dawns Haut kribbelte, sie presste die Lippen aufeinander und wollte etwas sagen, aber Richter schüttelte die Hand der Frau einfach ab.

„Danke", sagte er. „Deiner ebenso. Es braucht viel Übung, um die Feuermagie so gut zu beherrschen. Ich habe einen Freund, der Feuer benutzt, aber er ist nicht annähernd so gut wie du."

Dawn sah ihre Chance gekommen, sich an dem Gespräch zu beteiligen, und trat näher heran. „Jede Magie erfordert körperliche und geistige Disziplin", sagte sie und betrachtete nicht nur Richter und die Hexe, sondern auch das Dutzend anderer, die an der Show teilgenommen hatten. „Jeder von euch hat heute gezeigt, wie gut er seine jeweilige Disziplin beherrscht. Vielen Dank für die wunderbare Show. Wenn ihr noch ein wenig warten möchtet, bis die Abschlussrede beendet ist, wird Cyrus zurückkehren, um euch die Entschädigung auszuzahlen."

Als alle wieder miteinander sprachen, näherte sich Dawn Richter. Ein heißes Gefühl machte sich in ihrer Magengegend breit und lief hinunter zwischen ihre Schenkel. Richter sah sie an, als er sich ihr näherte, und jetzt, da er seine Maske nicht mehr trug, sah sie eine leichte Andeutung von Begehren, die in seinem Blick versteckt war, überdeckt von Zögern. Wenn Dawn mit ihm fertig wäre, hätte sie sein Zögern beseitigt, und er würde ein unermessliches Verlangen nach ihr haben.

„Richter", sagte sie mit steifer, förmlicher Stimme. „Ein Wort unter vier Augen, bitte?"

Sie presste die Lippen aufeinander, um ihr Grinsen zu unterdrücken. Er sah aus wie ein Kind, das zur Bestrafung ins Büro des Schuldirektors gerufen wurde. Er würde eine Strafe erhalten ... aber eine gute. Sie genoss seinen kurzen Blick der Verwirrung.

„Natürlich", sagte er schließlich. „Was immer du wünschst."

In der Tat, was immer sie wollte. Sie musste fast kichern.

Er folgte ihr in einen dunklen Korridor, der von dem für die Zaubershow reservierten Raum abzweigte. Sie bogen in einen anderen ab, weg von allem, was für den Klubbetrieb vorgesehen war. Nach einer weiteren Abzweigung traten sie durch eine verschlossene Tür und schließlich die Halle, die der Herrin des Dunkle Rose-Zirkels vorbehalten war. Sie legte eine Hand auf einen Türknauf, der zu einer ihrer Privatsuiten führte, und Richter legte ihr eine Hand auf die Schulter.

„Hör mal, wenn es um die Statue geht, ich habe mir nichts dabei gedacht", sagte er. „Du brauchst mich nicht in die Tiefen deines Vampirzirkels zu zerren und mich einzuschüchtern oder ..."

Dawn stieß Richter kichernd gegen die geschlossene Tür und brachte ihn mit einem Kuss zum Schweigen. Sein Mund war heiß auf dem ihren, und er stellte keine weiteren Fragen, er handelte nur. Ihre Zungen waren Waffen, die

gegeneinander schlugen und einander drängten, weiterzu-
gehen. Dawn verschlang ihn mit ihrem Mund und ihren
Lippen, und langsam zerfiel seine Willenskraft, und er ließ
sich gehen.

Als er seine Hände auf ihre Hüften legte, löste sie ihre
Lippen von seinen und flüsterte: „Du hast dir sehr wohl
etwas dabei gedacht." Sie biss ihm auf die Unterlippe, und
er stöhnte auf. „Belüge dich nicht selbst ... oder mich. Ich
nehme mir, was ich will. Solltest du das nicht auch tun?"

Ihre Körper pressten sich aneinander, und sie rangen
nach Luft, während sich hinter Richters grauen Augen die
Rädchen drehten. Irgendetwas machte in seinem Kopf klick,
und sein Mund war wieder auf ihrem, bewegte sich schneller, mit mehr Hingabe und Konzentration. Er entlockte
Dawn ein Stöhnen, als seine Hände zu ihrem Hintern
wanderten und ihn umfassten. Sie löste einen Arm aus ihrer
gemeinsamen Umarmung und tastete nach dem Türknauf
zu ihrer Suite.

Richter stolperte, als sich die Tür hinter ihm öffnete,
aber Dawn fing ihn auf. „Du fällst schon in Ohnmacht,
was?", neckte sie ihn. „Ich weiß, ich bin heiß, aber ... ich
werde dich nicht so einfach davonkommen lassen."

„Das solltest du auch nicht", murmelte Richter zwischen
zwei Küssen. Sein Atem war heiß auf ihrem Mund, ihrer
Wange, ihrem Hals. Seine Hände waren rau an ihrem
Hintern, ihrer Brust – und dann an ihren Schenkeln.

Sie stolperten in der Dunkelheit durch den Raum.
Durch die Vorhänge, die ein Fenster verbargen, drang
künstliches Mondlicht – sie waren an einem Ort, der nur
den Himmel mit Vollmond zeigte. Und da Richter immer
unbeholfener wurde, je mehr er die Kontrolle über sich
selbst und Dawn verlor, war es eine schwierige Angelegenheit, ihn zu dem Bett zwei Zimmer weiter zu bringen.

Auf halbem Weg blieben sie stehen, um wieder an der Wand zu knutschen. Richter öffnete Dawns Mieder und ließ die Bänder und Spitzen auf den Boden fallen. Er vergrub sein Gesicht zwischen ihren großen Brüsten und saugte sie in sich auf, während sie sich daranmachte, sein Hemd aufzuknöpfen. Es war schwieriger, als sie erwartet hatte, da er sie gegen die Wand drückte, und als sie fast fertig war, fand Richters Zunge ihre Brustwarze. Ein Schauer der Lust durchfuhr sie, und sie stöhnte auf. Schließlich gab sie sein Hemd auf. Sie schloss die Augen, drückte ihn an ihre Brüste und stellte ihre Sinne auf jede Bewegung seiner Zunge, jedes Saugen und jeden schweren Atemzug ein.

Ach ihr Götter, es fühlte sich so gut an! Darauf hatte sie gewartet. Sie wusste immer noch nicht, warum sie so auf Richter fixiert war, aber seit sie ihn zum ersten Mal gesehen hatte, hatte sie auf diesen Moment gewartet. Der Druck seines Körpers auf ihrem ... seine Lippen ... die glühende Wärme seiner Haut. All die schmutzigen Dinge, die sie ihn mit seinem Mund machen lassen würde.

Während er an ihren Brustwarzen saugte, fuhr sie mit ihren Händen durch sein Haar und hielt ihn fest. Seine Hände fanden den Saum ihres Rocks und ließen den schweren Stoff langsam über ihre Hüften gleiten. Seine andere Hand griff nach ihrem Oberschenkel. Ein Blitz durchzuckte ihre Haut bei seiner Berührung, und sie unterdrückte ein Keuchen. Er wanderte weiter nach oben und umfasste mit seiner Hand die lodernde Stelle zwischen ihren Beinen, bevor er ihr mit dem Daumen das Höschen auszog. Er schob einen Zeigefinger zwischen ihre Schamlippen und suchte nach ihrem Eingang. Aber bevor er einen Finger in sie hineinschieben konnte, schob sie seinen Kopf von ihren Brüsten. Seine Lippen trafen auf ihren Bauch,

und als sie ihn nach unten drückte, küsste er jeden Zentimeter ihrer Haut.

„Verwöhne mich!", befahl Dawn und schob ihn dann so,
dass er endlich auf den Knien und ihre Muschi direkt vor
seiner Nase war.

Richter grinste. „Du befiehlst, ich gehorche", sagte er,
und dann war seine Zunge an ihrer Klitoris.

Er verschwendete keine Zeit, sondern wirbelte mit
seiner Zunge um ihre Knospe und genoss ihren Geschmack.
Und sie stöhnte auf. Pures Verlangen schoss durch ihren
Magen und ihr Becken. Dawn wippte mit den Hüften gegen
seinen Mund, und ihre Augen rollten nach hinten. Sie
stöhnte und keuchte. Heilige Scheiße, war er gut. Seine
Zunge und sein Mund kosteten sie ausgiebig und führten
sie immer näher an ihren ersten Höhepunkt.

Dawn hatte schon anderen Männern befohlen, ihren
Körper auf diese Weise zu verwöhnen, aber keiner war
jemals so gut darin gewesen. Richters Fähigkeiten waren auf
einem ganz anderen Niveau, und sie hätte stundenlang so
verharren können, mit ihren Schenkeln um seinen Kopf
gewickelt, den Rücken gegen die Wand gepresst, und sich
von ihm wieder und wieder verwöhnen lassen.

Es schien jedoch, dass Richter gerade erst angefangen
hatte. Obwohl er dieses Tempo hätte beibehalten können
und die heftigen Schockwellen der Lust sie stetig ihrem
Orgasmus entgegenführten, wollte er offenbar noch mehr.
Seine Zunge bewegte sich schneller, und er drückte sein
Gesicht tiefer auf sie, um sie vollständig mit seinem Mund
zu umschließen. Seine Zunge tauchte in sie hinein, und sie
stieß einen scharfen Atemzug aus.

Die unerwartete Geste brachte Dawn in Wallung, und
das Verlangen, das sich in ihr angestaut hatte, krampfte sich
zusammen und löste sich mit einem Mal. Sie stöhnte und

triefte über sein Gesicht, bis er sich schließlich von ihr zurückzog und nach Luft schnappte. Dawns Beine waren ganz schwach von Richters Behandlung, und sie wäre zu Boden gesunken, wenn er sie nicht in seinen Armen gehalten hätte.

Das Bett war ganz nahe, und er hätte es leicht gefunden, wenn Dawn nicht ihre zitternden Hände um seinen Hals geschlungen und ihn in einen leidenschaftlichen Kuss gezogen hätte. Sie schmeckte sich selbst auf seinen Lippen, in seinem Mund, und sie seufzte vor Zufriedenheit.

„War das nach Eurem Geschmack, Herrin?", fragte er, als er endlich das Bett gefunden hatte und sie auf die Satin-Laken legte.

Sie lachte. „Mmm, ja, vorerst", antwortete sie. „Aber ich will immer mehr."

„Ich gebe dir so viel, wie du verkraften kannst", sagte er.

„Dann zeig mir, was du drauf hast, Kleiner", erwiderte sie mit samtig weicher Stimme.

Er begann, sich auszuziehen, und seine Finger fummelten an den Hemdknöpfen herum, um zu beenden, was Dawn begonnen hatte.

„Langsam", sagte sie. „Lass mich die Show genießen."

Es war dunkel, selbst mit dem dünnen Streifen Mondlicht, aber Vampire konnten in der Dunkelheit sehr gut sehen. Sie betrachtete jeden sich anspannenden Muskel, als er schließlich das Hemd auszog und es auf den Boden warf. Seine Bauchmuskeln waren ein Kunstwerk, genau wie sie es sich vorgestellt hatte, und sie konnte es kaum erwarten, ihn zu streicheln. Endlich löste Richter seinen Gürtel und ließ seine Hose und seine Boxershorts hinunter zu seinen Knöcheln fallen, sodass sein Schwanz freilag.

Dawn leckte sich die Lippen, als sie seine pralle Männlichkeit sah. Er hatte sie gerade kommen lassen, aber allein sein Anblick machte sie bereit für mehr. Sie wollte ihn in sich haben, das Feuer des Verlangens schüren und sich in der Leidenschaft verlieren. Kein anderer hatte Dawn jemals zuvor so wild gemacht. Wenn er so gut mit seinem Mund umgehen konnte, erwartete sie von seinem Schwanz noch mehr.

Sie wollte ihn auch in den Mund nehmen, um sich für die Behandlung zu revanchieren, die ihr zuteilgeworden war. Aber das, so fand sie, konnte noch warten.

Er kniete sich auf das Bett, bewegte sich auf sie zu und presste seinen Mund auf ihren. Sie drückte ihre Brüste gegen seine heiße Brust und spürte, wie sein Schwanz gegen ihren Oberschenkel stieß, um in sie einzudringen. Richter spreizte ihre Beine weiter, aber bevor er in sie eindringen konnte, entriss Dawn ihm die Kontrolle, drückte ihn zurück auf das Bett und seine Hüften fest in die Matratze.

„Du hast vergessen", sagte Dawn und knabberte an seinen Lippen. Sie nutzte etwas von ihrer vampirischen Kraft, um ihn fest auf das Bett zu drücken. „Dass dies mein Bett ist und ich die Kontrolle habe ..." Sie küsste seinen Kiefer.

Jede Antwort, die Richter hätte geben können, wurde von Dawns Lippen auf seinen zum Schweigen gebracht. Sie seufzte in seinen Mund, ihr Körper zitterte vor Erwartung dessen, was als Nächstes kommen würde. Die Lust und das Verlangen einer ganzen Woche kamen in diesem Moment zusammen, und Dawn wollte das Beste aus jeder Sekunde herausholen.

Sie nahm Richters harten Schwanz in ihre Hand und schob ihn in sich hinein. Sie warf den Kopf zurück und stöhnte, als sie sich auf ihn setzte. Er war größer, als sie erwartet hatte, und er füllte sie ganz aus.

„Oh Gott, du fühlst dich so gut an", stöhnte Richter.

Dawn liebte es, wenn er so klang, als ob Denken und Sprechen in diesem Zustand der Lust zu viel für ihn wären. Sein Gesicht verzog sich, als Dawn ihre Hüften bewegte und seinen Schwanz in sich hineinsaugte. Er pulsierte, und sie drückte zu, was ihnen beiden noch mehr Stöhnen entlockte. Ihr Kopf war völlig benebelt vor Lust, als er in ihr größer wurde wie ein gefräßiges Tier. Sie bewegte ihre Hüften, fütterte diese Bestie und gab sich dem Urinstinkt hin, der sie in Brand setzte.

Ihr ganzer Körper zitterte jedes Mal, wenn sie sich auf ihm hin und her wiegte, und sein Schwanz pulsierte jedes Mal stärker. Sie ließ ihre Hände über seine Bauchmuskeln und seine Brust gleiten und nahm sich die Zeit, die Schönheit seines Körpers zu bewundern. Er war verdammt sexy, alles von ihm, aber als Dawn sich von seinen Muskeln ablenken ließ, knurrte er, griff nach ihren Hüften und stieß hemmungslos in sie hinein.

Dawn schloss die Augen, wölbte ihren Rücken und ließ sich auf den Rhythmus und die Musik ihrer Körper ein. Sie war noch nie mit jemandem zusammen gewesen, der im Bett so perfekt für sie gewesen war. Er war ihr in jeder Hinsicht ebenbürtig und gab ihr genau das, was sie wollte und brauchte – und er war auch noch verdammt gut darin. Heiße Wellen der Lust schossen durch ihren Körper, als er sie immer näher an den Rand der Ekstase brachte.

Endlich löste sein Schwanz ein Feuerwerk der Lust aus und sie explodierte, woraufhin ihr ganzer Körper zitterte und bebte. Sie bewegte sich vorwärts, ein Keuchen blieb in ihrer Lunge stecken, und ihre Schenkel klammerten sich um seine Hüften. Ihr kurzes Innehalten hielt Richter nicht davon ab, in sie zu stoßen, aber es war langsam, ruckartig, als Dawns Wände ihn auspressten.

Er krallte sich an ihrem Rücken fest und zog sie an seine

Brust, als sie beide ihren Höhepunkt erreichten und darum rangen, zu atmen und zu denken und etwas anderes zu tun, als sich aneinanderzuklammern. Richter dämpfte sein letztes Stöhnen, als er sein Gesicht an ihren Kopf drückte. Danach lagen sie eine Weile einfach nur da, sie auf ihm, und lauschten ihrem rasend schnellen Atem. Sie war verzaubert von dem Pochen seines Herzens an ihrem Ohr.

Als Dawn einschlief – was sehr selten vorkam, da sie ein Vampir war –, wusste sie, dass sie nicht zulassen durfte, dass das, was sie mit Richter erlebt hatte, am nächsten Morgen zu Ende sein würde.

6

RICHTER

Das Mondlicht fiel durch die Vorhänge, als Richter die Augen öffnete. Ein schweres Gewicht lastete auf seiner Brust, und nach ein paar Augenblicken, in denen er sich an die Dunkelheit gewöhnte, erkannte er, dass es Dawn war. Ihre Augen flackerten unter ihren Lidern, sie schlief tief und fest und sie murmelte etwas im Schlaf. Bei ihrem Anblick loderte etwas in seiner Brust, ein Gefühl tief in ihm drinnen, das ihn entspannt und zufrieden machte.

Er seufzte und fühlte sich an Dawns Seite so wohl wie noch nie in seinem Leben.

Sie war anders als jede andere Frau, der er je begegnet war. Es gab viele andere schöne Frauen auf der Welt, aber keine, die an Dawns Schönheit heranreichte. Und doch war es nicht ihre Schönheit, die sie für Richter so attraktiv machte. Da war noch etwas anderes unter der Oberfläche, etwas, das er nicht ganz herausfinden konnte, das ihn zu ihr hinzog. Ihr Charme und ihre Gerissenheit vielleicht. Wie sie kein Nein akzeptierte. Dass sie eine Vampirin war.

Vor einer Woche hatte ihn die Tatsache, dass sie weder

wirklich tot noch lebendig war, zweifeln lassen. Er hatte schon früher mit Vampirinnen geschlafen, klar, aber sie repräsentierten einen Teil von ihm, den er aufgegeben hatte. Die Dunkelheit, der er zu entkommen versuchte.

All diese Eigenschaften zusammengenommen schienen jedoch nur an der Oberfläche dessen zu kratzen, was er an ihr mochte. Richter fuhr mit den Fingern durch ihr seidiges Haar, so zärtlich, dass er ihre Ruhe nicht störte. Was auch immer es war, das Richter dazu brachte, die ganze Zeit an sie zu denken, es hatte auch ihn verändert. Am Anfang war es langsam geschehen, aber jetzt, wo er mehr Zeit mit Dawn verbracht hatte, wurde es selbst ihm klarer.

In ihrer Nähe war er ein völlig anderer Mensch. Früher, selbst als er sich darauf vorbereitet hatte, das Nachtleben aufzugeben und sich zu bessern, hatte er immer noch gedacht, dass die Welt ihm unrecht getan und ihn von dem ferngehalten hatte, was er sich mehr als alles andere wünschte: eine Gefährtin, die Person, die perfekt zu ihm passte. Jetzt, mit Dawn, war von diesem Selbsthass nichts mehr übrig, und auch nichts mehr von seiner Wut auf die Welt. Mit Dawn hatte er das Gefühl, dass er alles würde sein können. Alles würde tun können. Er war unbesiegbar, und mit ihr würde es sich vielleicht sogar lohnen, unsterblich zu sein.

Was Dawn für ihn genau war, wusste er nicht, aber er wollte es herausfinden. Er wollte nicht, dass dies nur eine einmalige Sache war, und wenn sie aufwachte, würde er herausfinden, ob sie genauso empfand. Allein bei der Organisation der Zaubershow war unglaublich viel Chemie zwischen ihnen gewesen. Könnte das ein Zeichen für etwas Größeres zwischen ihnen sein? Ein ungenutztes Potenzial?

Richter strich weiter über Dawns Haare und starrte durch das Fenster auf den Mond. Der Himmel sah genauso aus wie gestern, als er und Dawn in ihr Zimmer gekommen waren, und doch fühlte er sich völlig ausgeruht, als hätte er eine ganze Nacht durchgeschlafen. Hatte er wirklich nur eine Stunde oder so geschlafen? Er könnte sein Handy überprüfen, aber er wusste nicht, wo es war, und er wollte Dawns Schlaf nicht stören. Es war besser, diese Momente zu genießen, solange sie andauerten.

Er schloss die Augen und versuchte, wieder einzuschlafen, aber es gelang ihm nicht. Stattdessen wanderten seine Gedanken zu Dawn, dazu, wie ihre Körper während ihres Liebesspiels zusammengepasst hatten. Sie waren perfekt füreinander, hatten sich nahtlos zusammengefügt und sich gegenseitig das größtmögliche Vergnügen bereitet. Ehrlich gesagt, war es der beste Sex seines Lebens gewesen, und auch der müheloseste. Es war kein Nachdenken nötig gewesen, sie hatten einfach aufeinander reagiert und genau gewusst, was zu tun gewesen war.

Sein Schwanz kribbelte und pochte bei der Erinnerung, wie sie ihn geritten hatte, wie heiß und feucht ihre Muschi, die ihn umschlossen hatte, gewesen war. Er erschauderte, und ohne Vorwarnung legte sich etwas Festes um seinen Schwanz. Dawns Hand. Er sog scharf die Luft ein, als sie ihn mit langen, bedächtigen Bewegungen streichelte.

„D-Dawn", stöhnte Richter.

Sie bewegte sich und gab ein zufriedenes Geräusch von sich, das er nur als Schnurren beschreiben konnte. Sie drückte ihre Lippen auf sein Ohr, und ihr heißer Atem jagte ihm einen Schauer über den Rücken. Er bewegte einen Arm auf der Suche nach ihren Brüsten, wollte ihre Brustwarzen drücken und ihr ein Stöhnen entlocken, aber sie hielt sein Handgelenk fest und hinderte ihn daran. Sie streichelte ihn weiter, langsam und hart, und schon bald ließ ihn die aufkommende Lust erzittern.

Dawn gluckste. „Du willst mich, nicht wahr?", flüsterte sie ihm ins Ohr.

„Ja", erwiderte er, ohne zu zögern.

Sie saugte an seinem Ohr, und er schloss die Augen. Sie hatten gerade Sex gehabt und waren in einen tiefen Schlaf gefallen. Würden sie es so bald wieder tun? Verdammt, er wollte sie. Die ganze Zeit über, seit sie sich kennengelernt hatten. Sie war wie eine Droge, und zwar die schlimmste, denn er konnte nicht genug von ihr bekommen, konnte nicht aufhören, an sie zu denken ... Und er fürchtete, dass er nicht mehr viele Gelegenheiten haben würde, so viel von ihr zu bekommen, wie er brauchte.

„Du willst nicht, dass es jemals aufhört", flüsterte sie.

Richters Kopf drehte sich, aber er wusste, dass sie recht hatte. „Niemals."

„Du wirst dich mir ausliefern ..."

Ihr Streicheln verstärkte sich. Was machte sie mit ihm? Er konnte es nicht sagen, nur dass es sich verdammt gut anfühlte. Sie holte ihm nicht einfach nur einen runter, sondern tat noch etwas anderes, etwas, das die Welt verschwommen erscheinen ließ, als ob er in den Wolken schweben würde. Alles war so sanft und friedlich. Er könnte darin ertrinken, und es wäre ihm egal.

Bei diesem Gedanken fragte er sich kurz, was hier eigentlich geschah, aber er fand nicht die Kraft, etwas zu tun. Alles, was er tun konnte, war, Dawns beruhigender Stimme zuzuhören und sich in das Gefühl ihres gleichmäßigen Streichelns zu vertiefen. Er stöhnte und bewegte seine Hüften in ihrem Rhythmus.

„Das habe ich bereits", sagte er.

Sie küsste seinen Hals, sein Ohr, knabberte daran. „Du willst nie wieder gehen", sagte sie. „Niemals. Du wirst hier bei mir bleiben ..."

Richter konnte nicht mehr sprechen. Er murmelte nur sein Einverständnis, und in diesem Moment setzte sich Dawn wieder auf ihn. Er verlor sich in ihrem Gefühl, in der Bewegung ihrer Hüften, in den heißen Wellen der Lust, die seinen Körper durchströmten. Irgendwo in den dunstigen Wolken, in der Dunkelheit von Dawns Zimmer, summte sein Handy.

Einmal, zweimal, dreimal. Er wollte nicht antworten, aber aus irgendeinem Grund dachte er, dass er es tun sollte. Aber Dawn saß auf ihm, und ihr Gewicht war wie ein Schraubstock, der ihn festhielt. Ihre Augen blitzten, und sie beugte sich vor, um ihn zu küssen.

Ihre Lippen waren wie Schmetterlinge, und Richter fand die Kraft, zwischen ihren Küssen etwas zu sagen.

„Ich sollte ... Ich sollte rangehen", sagte er, aber er war sich nicht sicher, warum. Er war hier und hatte wieder Sex mit Dawn, also warum war etwas anderes wichtig? Aber irgendetwas stimmte hier nicht, aber er konnte nur nicht die Energie aufbringen, es zu erklären. „Es könnte die Arbeit sein."

„Schhh", murmelte sie gegen seine Lippen. „Es ist mitten in der Nacht. Das kann doch bis zum Morgen warten, oder?"

Richter nickte abwesend, aber es fühlte sich so an, als wäre dieses Nicken von ihm losgelöst. Sein Geist und sein Körper hatten sich getrennt, umhüllt von Dawns Präsenz und Kontrolle. Und als ihm alles zu viel wurde, schlief er wieder ein, weil er wusste, dass sie das, wenn er wieder aufwachte, wieder würden tun können. Und wieder. Und wieder ...

⚬◆⚬

EIN HANDY KLINGELTE. Richter stöhnte auf und setzte sich aufrecht hin, entschlossen, das störende Geräusch zu beseitigen. Dawn lag neben ihm im Bett, und sie regte sich ebenfalls. Als er jedoch den Mond sah, der noch hoch am Himmel stand, hielt er inne.

Er hatte stundenlang geschlafen, dessen war er sich sicher. Wieso war es immer noch mitten in der Nacht? Wieso war er immer noch so ... so schläfrig?

Er gähnte und fühlte sich träge und schwerfällig. Nein, es waren mehr als nur ein paar Stunden gewesen. Ein ganzes Leben voller Erinnerungen an Dawn flackerte in seinem Hinterkopf auf. Stundenlange Gespräche im Bett, Träume von der Zukunft, Liebesspiele und wieder Gespräche über ihre geheimsten Träume und Sehnsüchte.

Oder war das alles nur ein Traum gewesen? Er schaute wieder zum Mond. Es musste ein Traum sein. Wäre es sonst nicht schon längst Tag? Seit er dem Ruf des Vampirzirkels gefolgt war, war es ihm, als würde die Zeit anders vergehen. Sein Körper war so verwirrt, er wachte mitten in der Nacht auf, völlig ausgeruht ... und jetzt wollte er einfach nur wieder schlafen.

Aber sein Kopf tat weh, und das verdammte Handy wollte nicht aufhören zu klingeln. Als er sich aufrichtete, um aus dem Bett zu steigen und den Lärm zu beenden, ergriff Dawn seine Hand.

„Bleib im Bett", sagte sie. „Es wird gleich wieder aufhören."

Richter beugte sich vor. Ihre Augen waren wie Sterne im Mondlicht, ihre blasse Haut milchig und leuchtend. Sie raubte ihm erneut den Atem. Er hatte sie noch nie zuvor richtig im Mondlicht sehen können. Er wusste, dass

Vampire Geschöpfe der Nacht waren und in der Dunkelheit und im Mondlicht stärker wurden, aber er hätte nie gedacht, dass sie dadurch auch noch schöner werden konnte.

Er wollte mit ihr im Bett bleiben, aber etwas nagte an ihm und sagte ihm, dass etwas nicht stimmte. Etwas lag schwer auf Richters Brust, und es fühlte sich an, als wäre sein Drache seit Tagen still gewesen, nicht nur seit Stunden.

Richter küsste Dawn, ihre weichen Lippen zitterten unter seinen. „Ich muss rangehen", sagte er. So spät in der Nacht bekam er nie Anrufe. Was, wenn es ein Notfall war? „Es wird nur eine Sekunde dauern."

Dawn umklammerte sein Handgelenk fester, aber er riss sich von ihr los, ohne darüber nachzudenken. Er stieg aus dem Bett, sackte fast auf den Boden – es fühlte sich an, als wäre er seit Tagen nicht mehr gelaufen – und fand sein Handy in der Hosentasche am Ende des Bettes. Er warf einen Blick auf Dawn, bevor er auf das Display schaute. Sie hatte einen deutlich besorgten Gesichtsausdruck, als ob sie etwas sagen wollte – sagen musste –, aber nicht schnell genug die Worte finden konnte.

Richter sah Liams Nummer, und er vertraute darauf, dass sein bester Freund nicht um diese Zeit anrufen würde, wenn es nicht wichtig wäre, also ging er ran.

„Hey, Mann, was ist los?", fragte Richter. „Stimmt was nicht?"

„Komm mir bloß nicht damit!", entgegnete Liam. Er schrie nicht wirklich, aber seine Stimme hatte einen Ton angenommen, der ihn lauter klingen ließ, als er war. „Wie zum Teufel kannst du fragen, ob etwas nicht stimmt, wenn du nicht weißt, was los ist?"

Richter blickte irritiert um sich. Das war nicht der Anruf, den er erwartet hatte. „Hör mal, wenn etwas passiert ist, habe ich nicht die geringste Ahnung, was es sein könnte. Also lass den Scheiß und sag mir einfach, was los ist."

„Wo zum Teufel bist du?"

„Ich habe dir genau gesagt, wohin ich heute Abend gehe."

Es herrschte eine lange Stille, und während dieser Stille machte sich ein ungutes Gefühl in Richters Bauch breit. Was war hier los? War etwas passiert, war jemand verletzt worden, und er hatte den Anruf verpasst, um Hilfe zu holen? Alles für eine Zaubershow und eine Nacht mit Dawn ... Nein, er wollte nicht die Schuld dafür auf sich nehmen. Er durfte ausgehen und tun, was er wollte, mit wem er wollte.

„Richter", sagte Liam vorsichtig, „du bist seit fünf Tagen verschwunden."

„Was?", erwiderte Richter lachend. „Das ist unmöglich. Ich bin doch erst seit ein paar Stunden im Klub."

„Spielst du wieder eines deiner Spielchen? Das ist nicht witzig. Wir haben uns alle große Sorgen um dich gemacht."

Jedes einzelne von Liams Worten verwirrte Richter noch, aber es gab nur einen Weg, die Frage zu lösen, wer verrückt war: Richter oder Liam? Richter nahm das Handy von seinem Ohr und überprüfte Datum und Uhrzeit.

8. März, 10:58 Uhr.

Die Zaubershow hatte am 3. März stattgefunden.

„Heilige Scheiße", rief Richter aus. „Heilige Scheiße, was ist passiert? Ich kann mich nicht einmal an die letzten fünf Tage erinnern. Da war die Zaubershow, und dann, und dann ..." Vor lauter Schreck fing er an zu hyperventilieren.

Fünf Tage weg. Einfach so. Wie war das überhaupt möglich? *Wie war das möglich*? Zu allem Überfluss zeigte das Fenster genau denselben dunklen Himmel und Vollmond wie in der Nacht, als er mit Dawn hierhergekommen war.

Als er wieder an sie dachte, legte sie ihm eine Hand auf die Schulter. Er wich ihrer Berührung mit einem Ruck aus. Er betrachtete sie von oben bis unten, als sie in das Mondlicht trat. Sie sah noch schöner aus als zuvor, aber das musste ein Trick sein, oder? Sie hatte etwas mit ihm gemacht, sie hatte ihn ausgetrickst. Allein der Gedanke daran war ein Stich ins Herz – er hatte gedacht, es wäre etwas Besonderes zwischen ihnen gewesen.

Wie konnte er also denken, dass es eine andere Erklärung für das gab, was geschehen war?

„Was hast du getan?", fragte Richter so leise, dass das Handy seine Stimme nicht aufnahm. Er beschuldigte sie von vornherein, ohne ihr zunächst Fragen zu stellen, aber in der Hitze des Gefechts war ihm das egal. Er brauchte Antworten.

Fünf fehlende Tage. Das war etwas, das er nicht einfach ignorieren konnte.

„Ich kann es dir erklären", sagte sie, „aber du musst erst auflegen."

Zu sagen, dass diese Tage völlig an ihm vorbeigezogen waren, war eine Lüge. Jetzt, wo Richter etwas genauer darüber nachdachte, konnte er trotz seiner wachsenden Panik Bruchstücke dessen, was in diesen fünf Tagen geschehen war, in seiner Erinnerung ausmachen. Er hatte in diesen fünf Tagen in Dawns Suite gewohnt. Sie hatten viele, *viele* Male miteinander geschlafen. Das waren die Erinnerungen, die als Erstes zurückkamen. Im Bett, an der Wand, auf der Couch und auf dem Boden. Überall, wo sie es sich hatten vorstellen können.

Dann hatten sie geredet. Er hatte ihr Geheimnisse anvertraut, die er mit niemandem sonst geteilt hatte: seine früheren Geschäfte mit Vampiren. Die Drogen. Im Gegenzug hatte sie versprochen, dem anderen Vampirzirkel in Blackfall, den Schattenlingen, den Krieg zu erklären für das, was sie ihm angetan hatten. Damals hatte er die Aussage als Scherz abgetan, aber jetzt, im Nachhinein, dachte er, dass sie das wirklich vorgehabt hatte.

Und dies, wie auch alles andere, was langsam in sein Gedächtnis zurückkehrte, machte ihn sehr, sehr verwirrt. Mehr als verwirrt: wütend. Wie konnten sie all diese Dinge getan haben und er erinnerte sich kaum an etwas?

„Richter, wo bist du?", fragte Liam. „Ich hole dich ab, und dann können wir das klären."

„Ich bin immer noch im *Coven's Call*", antwortete Richter nach einem Augenblick.

Liam zögerte wieder und Richter konnte die Gedanken seines Freundes erahnen, obwohl er nichts gesagt hatte. Liam machte sich Sorgen, dass Richter wieder zu Drogen gegriffen hatte. Das war überhaupt nicht der Fall gewesen, aber Richter konnte nicht erklären, was passiert war. Noch nicht.

„Ich bin in dreißig Minuten da", sagte Liam und legte dann auf.

Richter steckte das Handy zurück in seine Hosentasche und begann sich anzuziehen. Zuerst, um Dawn nicht ansehen zu müssen. Und dann, um nicht mit ihr zu sprechen. Und dann schließlich, um nachzudenken und seine Gefühle zu sortieren, bevor er wieder ausrastete.

„Du hast Zeit, bis Liam hier ist, um es zu erklären", sagte er, ohne sie anzuschauen. „Und was du mir sagst, wird bestimmen, was ich als Nächstes tue. Es sollte besser die Wahrheit sein."

Als Dawn schwieg, sah Richter sie endlich an. Sein Herz pochte in seiner Brust, jeder Tropfen Blut, jeder Nerv und jede Zelle in ihm machte Überstunden, um ihn vor dem Ausrasten zu bewahren. Aber es gelang ihm nicht. Er flippte langsam aus, und es gab nichts, was er tun konnte oder was Dawn sagen konnte, um das zu verhindern.

Zum Glück versuchte sie nicht mehr, ihn zu berühren.

„Es ist wahr", sagte Dawn. „Du bist seit fünf Tagen hier bei mir. Fünf magische Tage. Erinnerst du dich nicht daran, wie wunderbar alles war? Es war alles perfekt. Das ist es, was wir beide wollten."

„Ja", murmelte Richter, dann aber überlegte er es sich anders und schüttelte den Kopf. „Nein, nein, ich erinnere mich nicht annähernd an genug, um mir einen Reim darauf zu machen. Verdammt, Dawn, was hast du getan?"

Er wollte es verstehen. Er *musste* es verstehen.

„Was macht das schon?", fragte Dawn. Sie verschränkte die Arme fest vor der Brust und schaffte es, gleichzeitig verletzt und beleidigt auszusehen. „Du hast gesagt, dass du hierbleiben willst. Du hast gesagt, du willst nicht, dass es jemals aufhört. Ich habe das möglich gemacht."

Richter öffnete den Mund und schloss ihn dann wieder. In seinem Hinterkopf flackerte eine Erinnerung auf, an Dawn, die ihn gefragt hatte, ob er hierbleiben wolle, und obwohl das damals gestimmt hatte, waren seine Erinnerungen ganz verworren. Er hatte bei Dawn bleiben wollen, um das Feuer und die Leidenschaft zwischen aufrechtzuerhalten, nicht um fünf Tage zu verlieren, an die er nur noch eine lückenhafte Erinnerung hatte.

„Du hast einen Zauberspruch benutzt, nicht wahr?", fragte Richter. „Du hast Magie benutzt, um meine Erinnerungen zu verändern und mich hier zu halten."

Bevor sie antworten konnte, machte er sich auf den Weg zur Schlafzimmertür und den labyrinthischen Gängen des inneren Heiligtums des Vampirzirkels. Dawn trottete hinter ihm her.

„Ich habe dich verzaubert", rief sie. „So, ist es das, was du hören wolltest?"

Richter blieb stehen und drehte sich um. Er trug eine ausdruckslose Maske, aber in seinem Inneren war er wütend und fühlte sich so betrogen, wie er sich noch nie zuvor gefühlt hatte. In der Vergangenheit hatten Frauen ihn verletzt und benutzt. Sie hatten ihn mit einem Zauber belegt und ihn verspottet, weil er so sehr nach seiner Gefährtin gesucht hatte und gescheitert war. In einigen Fällen hatte es zu ihren Gunsten gewirkt. In anderen Fällen zu seinen.

„Nein", sagte Richter. „Nein, ich hatte gehofft, du hättest es nicht getan."

Der Einsatz von Magie zur Beeinflussung der Gefühle zwischen zwei Menschen führte nur zu Unheil.

Obwohl es am Ende für seinen Freund Michael und seine Gefährtin Laurel gut ausgegangen war – ihr Bruder Evan hatte Magie auf die beiden angewandt, um sie zusammenzuführen –, hätte es sie fast völlig auseinandergerissen, obwohl sie füreinander bestimmt waren. Genau das geschah hier, und als Richter in Dawns Augen blickte, in denen Tränen schimmerten, wusste er, dass er nichts tun konnte, um es aufzuhalten.

„Ich hätte nicht gedacht, dass es für dich so schlimm sein würde", sagte Dawn. „Das wollten wir doch beide. Wir hatten Spaß und es war toll, und es gibt keinen Grund, warum es jetzt aufhören sollte."

„Genau da liegst du falsch, Dawn. Da war etwas Besonderes zwischen uns. Ich konnte es spüren."

„Und jetzt?" Ihre Lippen zitterten.

„Und jetzt ... Und jetzt weiß ich nicht, was ich fühle. Ich kann dir nicht trauen. Alles, was ich gefühlt habe, könnte genauso gut Teil deines Zaubers gewesen sein."

„Es tut mir leid. Ich wollte nicht … Ich wollte nur …" Sie hob mehrmals an und hörte wieder auf, schüttelte aber schließlich nur den Kopf. „Du wirst sehen, dass ich recht hatte."

Richter zögerte, dann seufzte er und schüttelte ebenfalls den Kopf. „Auf Wiedersehen, Dawn", sagte er, und als er zum Ausgang des Klubs ging, blickte er nicht zurück.

Dazu hatte er den Mut nicht. Denn so wütend er auch darüber war, dass sie Magie gegen ihn eingesetzt hatte, ohne sich zu vergewissern, dass er wusste, was los war, oder dass sie die Zeit oder seine Erinnerungen durcheinandergebracht hatte, oder *was auch immer* sie getan hatte – er war in seinem ganzen Leben noch nie so glücklich gewesen, mit jemandem zusammen zu sein. Er wünschte sich nur, dass er sich an alles erinnern könnte.

Vielleicht war das der wahre Grund, warum er so aufgebracht war.

7

DAWN

Die Tage vergingen ohne ein Wort von Richter, und in ihrer Verärgerung regierte Dawn mit eiserner Faust über den *Coven's Call* und den Vampirzirkel der Dunklen Rose. Es wurden wie verrückt neue Vampire rekrutiert – die Dunkle Rose hatte den Ruf, nur unheilbar Kranke in Vampire zu verwandeln, um deren Leben zu retten –, und die Produktivität der Mitglieder des Vampirzirkels stieg aus Angst, sich ihren Zorn zuzuziehen.

Es gab weniger Partys, aber anstatt dass der Vampirzirkel von so viel Arbeit genervt war, entwickelte sich eine Atmosphäre der Wertschätzung. Jeder war beschäftigt, machte den Vampirzirkel besser und wurde mit einer Auszeit belohnt. Es schien ein besserer Kompromiss zu sein als vorher, wo Dawn die Vampire mehr oder weniger hatte machen lassen, was sie wollten, solange sie ihr nicht in die Quere kamen.

Mit Cyrus' Hilfe plante Dawn das Veranstaltungsprogramm des Klubs für den nächsten Monat. Trinkspiele mit Preisen, Tänzer und eine weitere Zaubershow – letztere war nach dem Erfolg der letzten sehr gefragt. Doch jedes Mal, wenn davon die Rede war, musste Dawn unweigerlich an Richter denken. Er war der Star der Show gewesen, hatte sie glücklich gemacht, und die Beschäftigung damit erinnerte sie daran, dass er hier gewesen und dann gegangen war. Ihretwegen.

Sie saß an einem der Tische des Klubs und kaute auf einem Stift herum, während sie das finale Programm überprüfte. Alles entsprach ihren Vorgaben, bis auf die Tatsache, dass Cyrus die Zaubershow mitten im April geplant hatte, wahrscheinlich in der Annahme, sie würde es nicht bemerken.

„Ich habe dir gesagt", sagte sie, „dass wir nicht noch eine machen können."

Cyrus strich sich eine Strähne seiner dunkelbraunen Haare aus dem Gesicht. „Und warum nicht? Nach dem durchschlagenden Erfolg der ersten sollte man meinen, dass Ihr die Moral auf dieselbe Weise aufrechterhalten wollt. Mit ein paar kleinen Änderungen wird die ganze Show ein noch größerer Erfolg werden."

„Das ist nicht möglich."

Am Eingang des Klubs, direkt vor dem VIP-Bereich, hatte Dawn Richters Metallstatue als feste Einrichtung installiert. Vielleicht war das auch eine schlechte Idee gewesen, denn jetzt musste sie jedes Mal, wenn sie sie ansah, wieder an ihn denken. Richter hatte recht gehabt, es war etwas zwischen ihnen gewesen. Ein Funke, aus dem mehr hätte werden können. Sie waren beide unsterblich und genossen die Gesellschaft des anderen, und zusammen wären sie vielleicht nicht so einsam gewesen.

Wie hatte Richter nicht erkennen können, dass sie nur versucht hatte, das Unvermeidliche zu beschleunigen? Es war kein Schaden entstanden. Sie hatte ihn nicht manipuliert, damit er etwas fühlte, was nicht ohnehin bereits da

gewesen war. Sie hatten es beide gewollt. Und er hatte
genau so viel davon gehabt wie sie.

Aber Richter hatte gesagt, dass seine Erinnerungen
unvollständig gewesen waren. Es hatten Teile gefehlt. Das
hätte nie passieren dürfen. Alles, was Dawn beabsichtigt
hatte, war, ihre Gefühle zu verstärken, ihn für eine Weile auf
sie zu lenken, damit sie ungestört hatten zusammenbleiben
und sich besser kennenlernen können. Niemals hatte sie
vorgehabt, seine Erinnerungen zu stehlen oder seinen Kopf
auf diese Weise durcheinanderzubringen.

Irgendetwas war schiefgelaufen, und Dawn konnte sich
nicht erklären, was. Und da sie nicht in der Lage war, den
Grund zu finden, sanken ihre Chancen, das Problem zu
lösen, drastisch.

Sie wollte Richter wiedersehen, aber erst, wenn sie ihm
alle Antworten würde geben können, die er verdiente.

Während ihres Schweigens folgte Cyrus' Blick dem
ihren zu der von Richter geschaffenen Statue. „Ist es seinet-
wegen?", fragte er.

„Wir werden ihn bei keiner weiteren Zaubershow dabei
haben", sagte Dawn.

„Es ist gut, dass wir ihn nicht brauchen."

Dawn warf ihm einen abschätzigen Blick zu. „Sein
Auftritt war mit Abstand der Beste. Ohne ihn ist die Show
nur halb so gut."

„Dann werden wir ein neues Herzstück finden. Oder wir
bilden einen der anderen aus, um diese Rolle zu übernehmen. Wir haben schon ein paar vielversprechende Kandi-
daten gefunden." Er bewegte sich um den Tisch herum,
sodass er sie jetzt direkt ansehen musste und er ihr den
Blick auf die Statue versperrte. Sein Blick war hart und
entschlossen. „Oder, noch besser, wir machen *Euch* zum
Mittelpunkt. Das hättet Ihr von Anfang an sein sollen. Der

Vampirzirkel verehrt Euch. Wenn Ihr wieder eine verdammt gute Show abliefert und Euch an die Spitze des Ganzen stellt? Dann werden Euch alle jahrelang aus der Hand fressen. Ist es nicht das, was Ihr wolltet?"

Das hatte sie, vor langer Zeit. Bevor sie Richter kennengelernt hatte. Jetzt wollte sie nur noch ihn wiederhaben.

„Es wird nicht dasselbe sein", entgegnete Dawn.

„Das ist genau der *Punkt*", erwiderte Cyrus und klang nun verärgert. „Wir wollen nicht, dass die Show wiederholt wird. Ansonsten werden die Leute sie weniger unterhaltsam finden. Oder, noch schlimmer, *langweilig*. Wir können keine Langeweile gebrauchen."

„Das weiß ich, aber man kann nicht ständig die Tafelaufsätze austauschen. Man braucht ein einheitliches Meisterwerk, und alles andere dient nur als Rahmen. Der Rahmen ändert sich, nicht die Kunst selbst, und das ist alles, was nötig ist, um es für diejenigen, die es schon ein Dutzend Mal gesehen haben, interessanter zu machen."

„Es war nur eine Show, Herrin", sagte Cyrus. „Und bei unseren Leuten werdet Ihr beliebter sein als je zuvor. Das ist das Wichtigste, sonst nichts."

Dawn schloss die Augen und drückte die Finger auf ihre Schläfen. Er verstand nicht, was sie zu sagen versuchte, und sie hatte keine Lust mehr zu reden. Ansonsten würde sie ihn anschnauzen, und das würde sie wahrscheinlich auch bereuen. So sehr Cyrus sie auch nervte, er wollte nur helfen, das Ganze voranzutreiben. Er wollte sie an der Macht halten, während andere sich damit begnügt hätten, sie fallen zu sehen und mit allen Mitteln um ihren Platz als Oberin zu kämpfen.

„Schaut, Herrin ... Was auch immer zwischen euch beiden passiert ist, es ist Geschichte", sagte Cyrus. „Ihr hattet Euren Spaß mit ihm, und jetzt ist er weg. Und das ist auch gut so. Er war sowieso nicht gut genug für Euch, nicht, wenn ... nicht, wenn ..."

Cyrus' Stimme wurde immer leiser, und als Dawn die Augen öffnete, stand er viel näher vor ihr. Zu nah.

„Nicht, wenn ich für Euch da bin", beendete er den Satz. Er versuchte, sie zu küssen.

Sie lehnte sich nach hinten und wich seinem Versuch aus. „Was zum Teufel tust du da?"

„Ich versuche, Euch zu trösten." Er blinzelte und trat einen Schritt zurück. „Ist es nicht das, wonach Ihr sucht?"

„Was? Nein! Cyrus ... wir haben schon darüber gesprochen. Jede Art von intimer Beziehung zwischen uns beiden wird nicht funktionieren, und das weißt du."

„Tue ich das?"

Dawn sah sich im Klub um. Es war früher Nachmittag, also noch ein paar Stunden, bis sie aufmachen würden. Sie waren die Einzigen, die sich momentan im Hauptbereich aufhielten.

„Ist das dein Ernst?", war alles, was Dawn zustande brachte. Das konnte sie jetzt nicht gebrauchen, nicht wenn sie immer noch überlegte, wie sie bezüglich Richter weiter vorgehen sollte.

„Ihr wollt jemanden", sagte Cyrus und leckte sich die Lippen, „auf den Ihr Euch verlassen könnt. Jemanden, mit dem Ihr Eure Zeit überall genießen könnt. Jemanden, mit dem man sich auf Augenhöhe begegnet und der kein Schwächling ist. Jemand, der Euch nicht nur für das liebt, was Ihr seid, sondern für das, was Ihr sein *könnt*."

Ja, das stimmte, aber das hatte sie von Cyrus nie erwartet. Sie waren Freunde, das war alles. Woher wusste er überhaupt, was sie wollte, wenn sie es noch nie jemandem gesagt hatte?

Als sie nicht antwortete, weil sie immer noch in

Gedanken versunken war, kam er näher, weil er eine Gelegenheit witterte. „Warum sollte nicht ich derjenige für Euch sein?", fragte er. „Ich bin schon seit Jahren an Eurer Seite. Ich tue alles, was Ihr von mir verlangt. Ich kenne Euch besser als jeder andere auf der Welt. Ihr konntet Euch *immer* auf mich verlassen, und ich habe Euch *nie im* Stich gelassen. Ihr habt mich zu Eurem Stellvertreter gemacht, und die Tradition ist..."

„Ich *weiß,* was die Tradition ist", unterbrach ihn Dawn. Sie brauchte niemanden, der sie daran erinnerte, dass Oberinnen normalerweise mit ihren Stellvertretern schliefen. Selbst Rose, die Oberin vor Dawn, hatte das getan. Aber Dawn hatte kein Interesse daran, Vergnügen und Arbeit zu vermischen. „Und du wusstest, als ich dir den Job gab, dass ich kein Interesse an dir habe."

„Ich dachte, Ihr hättet Eure Meinung geändert."

„Nun, das habe ich nicht." Dawn tippte mit dem Stift auf das Klemmbrett und Unterlagen. „Du bist mein Freund. Das ist alles."

Cyrus knurrte leise und bösartig, als hätte sie ihn beleidigt. „Alle denken bereits, dass wir miteinander schlafen. Warum beweisen wir ihnen nicht einfach, dass sie recht haben?"

„Und was hast du getan, um diese Gerüchte zu beflügeln?", fragte Dawn auf einmal, ohne richtig nachzudenken, was sie da eigentlich sagte. Ihre Reißzähne waren hervorgetreten, und ihre Brust hob und senkte sich, als sich ihre aufgestaute Wut endlich ihren Weg nach außen bahnte. Sie war wütend auf Richter, weil er ihr nicht zugehört hatte. Wütend auf sich selbst, weil sie ihn weggestoßen hatte, indem sie Magie gegen ihn eingesetzt hatte. Wütend auf Cyrus, weil er versucht hatte, das auszunutzen.

„So etwas würde ich *nie* tun", zischte Cyrus. „Und ich

würde Euch *nie* beschuldigen, Magie böswillig einzusetzen, denn ich weiß, dass Ihr nicht diese Art von Vampir seid."

„Magie böswillig einzusetzen ... Was hast du da gesagt?" Der letzte Teil von Cyrus' Aussage hatte etwas in ihrem Kopf klick machen lassen. „Du hast uns belauscht?"

Cyrus' Ausdruck wurde hart, aber er antwortete nicht. Wenigstens war er nicht so dumm, sie anzulügen. Aber es war schlimmer als das. Wenn Cyrus schon immer mit ihr hatte schlafen wollen – selbst wenn er immer behauptete, dass er es nicht wollte, in der Hoffnung, dass sie es sich irgendwann anders überlegen würde –, dann hatte er allen Grund, sich zwischen sie und Richter zu stellen.

„Du hast meinen Zauberspruch durchkreuzt", sagte Dawn. „Du hast dafür gesorgt, dass er fast fünf Tage mit mir vergessen hat." Als die Worte aus ihrem Mund kamen, konnte sie es nicht glauben. „Hattest du versucht, ihn dazu zu bringen, sich überhaupt nicht mehr an mich zu erinnern, aber es ist dir nicht gelungen? Oder hast du versucht, ihn zu töten?"

„Ich wollte nur, dass er verschwindet", sagte Cyrus. „Es war mir egal, wie."

„Du gibst es also zu. Du bist der Grund, warum ich in diesem Schlamassel stecke."

Cyrus erwiderte wütend: „Versteht Ihr es denn nicht? Ohne ihn seid Ihr besser dran."

Jetzt reichte es. Sie hatte es satt, dass ihr alle vorschreiben wollten, was sie zu tun hatte, wer gut genug für sie war und wer nicht. Und vor allem reichte es ihr mit Cyrus.

„Geh mir verdammt noch mal aus den Augen", knurrte Dawn.

„Was?"

„Geh mir verdammt noch mal aus den Augen", wiederholte sie, „damit ich mich beruhigen kann, oder ich schwöre, dass ich dich aus dem Vampirzirkel verbannen werde."

Cyrus' verengte die Augen und öffnete den Mund, als wollte er ihr widersprechen, aber er erkannte vermutlich an ihrem Gesichtsausdruck, wie ernst sie es meinte. Hätte er beschlossen, sie auf die Probe zu stellen, hätte sie ihn sicher auf der Stelle verbannt. Freundschaft hin oder her, er hatte eine Grenze überschritten. Und so, wie sein Gesichtsausdruck weicher wurde, während er sie anstarrte, hoffte sie, dass er es von selbst begriffen hatte.

Wie auch immer, er war klug genug, es dabei zu belassen. Er verbeugte sich. „Wie Ihr befehlt, Herrin", sagte er und verschwand im Inneren des *Coven's Call*.

Als sie hörte, wie sich die Tür hinter ihm schloss, sackte Dawn in sich zusammen. Sie konnte nicht glauben, was gerade passiert war. Cyrus hatte sie verraten, und das nicht, weil er ihren Tod wollte oder um sie zu stürzen, sondern weil er sie liebte, auf seine eigene, seltsame Art und Weise. Dawn wusste jedoch, dass Cyrus nicht der Typ Mann war, der jemanden wirklich lieben konnte. Es war nicht so, dass er ein schlechter Mensch wäre, denn er war wirklich gutherzig, aber er war ein Geschöpf der Lust, nicht der Liebe, und er verwechselte beides miteinander. Oder er hatte falsch interpretiert, was Dawn wirklich wollte. Wirklich *brauchte*.

Und das, so wurde ihr nun klar, war etwas, das Richter ihr hätte geben können.

Sie schaute wieder auf die Statue, die er für sie gemacht hatte. Sie zeigte ihr genaues Ebenbild bis ins kleinste Detail, sogar die Narbe an ihrem Oberschenkel, von der er nicht hatte wissen können, dass sie dort war, bevor sie miteinander geschlafen hatten. Er hatte die Statue aus reinem

Instinkt heraus gemacht. Vielleicht nicht aus Liebe, nicht ganz – sie kannten sich noch nicht lange genug. Aber es war auf jeden Fall viel mehr als nur Lust.

Es war etwas Besonderes zwischen ihr und Richter, das wusste sie, seit sie sich zum ersten Mal berührt hatten. So etwas hatte sie noch nie in ihrem Leben gefühlt, und diese fünf herrlichen Tage zusammen hatten all diese wunderbaren Gefühle in Dawn verfestigt. Da war etwas gewesen, das gewachsen war, wie ein sprießender Baum. Jetzt war das Wachstum abrupt zum Stillstand gekommen, als hätte man ein Stück des Baumes abgehackt.

Wegen dem, was Cyrus getan hatte. Jetzt würde dieser Baum vielleicht nie wieder weiterwachsen. Er würde verdorren und sterben, und das wäre das Ende.

Aber Dawn durfte ihn nicht verdorren und sterben lassen. Sie musste etwas dagegen tun. Sie musste Richter erklären, was wirklich passiert war. Sie musste einen Weg finden, ihm zu zeigen, was sie für ihn empfand. Sie musste ihm die Wahrheit sagen.

Sie musste vieles tun. Und in diesem Augenblick hatte sie keine Ahnung, wie sie das bewerkstelligen sollte. Aber sie hatte einen Stift und ein Blatt Papier, und so begann sie, einen Plan zu entwerfen.

Sie war noch nie in ihrem Leben so verzweifelt auf der Suche nach einer Idee gewesen.

8

RICHTER

"W as soll das heißen, du weißt es nicht?", fragte Michael und schlug mit den Fäusten auf den Glastisch, der sich zwischen ihm und Richter befand. Seine silberweißen Haare fielen ihm über die Schultern, und seine eisigen Augen durchbohrten ihn. „Du bist fünf Tage lang verschwunden, und du weißt nicht, was passiert ist?"

Richter und die anderen Führungskräfte von InnoCell, darunter Danny, Michael, Troy, Evan und Liam, befanden sich in einem der privaten Konferenzräume in der Unternehmenszentrale. Alle starrten ihn mehr oder weniger ungläubig an. Auf der Fahrt hatte Richter Liam trotz seines Drängens nicht viel erzählt. Zuerst hatte er einfach keine Worte gefunden, um zu beschreiben, wie schrecklich es war, die Erinnerungen an fünf Tage bruchstückhaft in seinem Kopf zu haben.

Als sie InnoCell erreicht hatten, war es mehr darum gegangen, Liam und den anderen gegenüber zu verschweigen, dass Richter glaubte, es sei irgendwie Dawns Schuld gewesen.

Instinktiv wollte er ihr die Schuld geben. Sie war schließlich die einzige Person, mit der er nach der Show zusammen gewesen war. Aber ein Teil von ihm, der Teil, der Dawn so schnell lieb gewonnen hatte, glaubte nicht, dass sie ihn je absichtlich verletzen würde. Was also war passiert?

Solange er das nicht wusste, konnte er seinen Freunden nicht die ganze Wahrheit sagen. Sie würden Dawn verleumden, wenn sie glaubten, dass sie versucht hatte, Richter zu erpressen – oder Schlimmeres.

„Ich weiß wirklich nicht, was passiert ist", antwortete Richter. „Wie ich schon sagte, bin ich bei einer Zaubershow aufgetreten. Es gab eine Menge unbekannter Zaubersprüche. Es könnte alles Mögliche gewesen sein."

Auch wenn das nicht ganz der Wahrheit entsprach, so war es doch eine durchaus realistische Möglichkeit. Jemand hätte jemand sowohl ihn als auch Dawn mit einem Zauber belegen können, und keiner von ihnen hätte den Unterschied bemerkt. Schließlich hatte er ihr so schnell die Schuld in die Schuhe geschoben, ohne an andere Möglichkeiten zu denken, nur weil sie zugegeben hatte, ihn mit einem Zauber belegt zu haben. Er verstand nicht, was sie damit hatte bezwecken wollen, nur dass es ihm, unabhängig von ihren Absichten, nicht gefallen hatte, dass sie es ohne seine Zustimmung getan hatte.

Die anderen tauschten einen vielsagenden Blick aus.

„Ich möchte dir gerne glauben", sagte Danny. „Ich glaube, das tun wir alle. Aber ich muss den Advokaten des Teufels spielen und die Frage stellen, die keiner von uns stellen möchte: Bist du sicher, dass keine Drogen im Spiel waren?"

Richter ärgerte sich darüber, dass seine schlimme Vergangenheit, die er vor Jahren hinter sich gelassen hatte, seine Freunde so sehr an ihm zweifeln ließ. Noch letzte

Woche hatte er gedacht, zwischen ihnen wäre alles gut. Aber jetzt vermuteten sie das Schlimmste von ihm. Und dabei war es gar nicht seine Schuld gewesen.

„Ich bin seit drei Jahren clean", erwiderte Richter. „Nicht ein Tropfen Einhornblut, Feenstaub oder sonst irgendetwas. Das schwöre ich bei meinem Leben. Ein bisschen Alkohol, aber das ist alles. Und nur in menschlichen Dosierungen."

Danny verschränkte die Finger. „Okay, ich glaube dir."

Die anderen nickten ebenfalls, und damit schien die Sache erledigt zu sein. Richter entspannte sich auf seinem Stuhl. Wenigstens würde er sich heute nicht verteidigen müssen.

„Dennoch verstehen wir immer noch nicht, was geschehen ist", sagte Michael. „Wenn es sich nicht um eine selbst herbeigeführte Dummheit handelt, dann brauchen wir nicht einzugreifen. Aber ..."

Als Michael nicht weitersprach, tippte Liam verärgert mit den Fingern auf den Glastisch. „Das lässt Raum für Schlimmeres."

„Inwiefern schlimmer?", fragte Richter.

In diesem Augenblick tauchte eine Erinnerung an Dawns Mund auf, der sich um seinen Schwanz schloss. Verdammt. Ein Schauer durchlief ihn. Er wünschte sich, er könnte sich an alles erinnern, nicht nur an Bruchstücke, die sich anfühlten, als hätte er einen Film gesehen.

„Wir müssen davon ausgehen, dass jemand dich gezielt mit üblen Absichten verzaubert hat."

„Leider bin ich geneigt, dem zuzustimmen, wenn man unsere Geschichte mit den Claws bedenkt", sagte Michael. Er warf einen Blick auf Liam. „Haben wir irgendeinen Grund zu vermuten, dass die Claws dafür verantwortlich sind?"

Aber nicht Liam antwortete, sondern Evan. „Auf keinen

Fall", sagte er und fuhr sich besorgt mit der Hand durch die Haare. „Wir haben ihre Anführer ausgeschaltet. Die Claws-Organisation ist erledigt."

„Nach den Verhaftungen galten viele Mitglieder als vermisst. Ihre Führungsriege ist hinter Schloss und Riegel, aber wir können nicht mit Sicherheit sagen, dass sie keine zusätzlichen Anführer zurückgelassen haben. Liam, was denkst du?"

Es wurde still im Raum, alle hielten den Atem an, um zu hören, was Liam als Nächstes sagen würde. Sogar Richter, der fast sicher war, dass die Claws nichts damit zu tun hatten – er sah keinen Grund dafür, dass die Vampire sich unter die Gestaltwandler mischten und ohne Grund an ihren Kämpfen teilnahmen –, wartete mit angehaltenem Atem darauf, Liams Ansichten zu hören.

„Dass die Mitglieder der Claws wieder aktiv werden", sagte Liam, „halte ich für sehr unwahrscheinlich." Seine Aussage hallte durch den Raum, und obwohl die anderen bei diesem Gedanken ein wenig erleichtert dreinschauten, kannte Richter Liam gut genug, um zu wissen, dass er noch nicht fertig war. „Aber ... was Michael gesagt hat, ist auch eine Überlegung wert. Es ist nicht unmöglich, nein, es wäre nicht einmal weit hergeholt zu behaupten, dass sich einige der verbliebenen Mitglieder der Claws neu formiert haben könnten. Wenn sie das getan haben sollten, dann allerdings unter einem neuen Namen, und wir hätten keinen Anhaltspunkt, wo wir nach ihnen suchen könnten. Erst, nachdem sie den ersten Schritt getan haben."

„Wir stehen also wieder vor nichts", sagte Evan, als niemand sonst einen Kommentar zu Liams Aussage abgeben wollte.

„Nicht unbedingt", sagte Danny. „Richter, woran erinnerst du dich nach der Show? Vielleicht gibt es etwas, das du uns sagen könntest, um einen Hinweis darauf zu geben, was wirklich passiert ist?"

„Alles, woran ich mich erinnere, ist, dass ich die Show beendet habe. Danach ist alles ziemlich verschwommen. Ich bin mit einer Frau weggegangen, und sie war die ganze Zeit bei mir, aber sie war nicht der Ansicht, dass irgendetwas nicht in Ordnung wäre."

Das reichte jedoch nicht aus, um sie zu beruhigen. Also ließ er die Tatsache, dass er mit Dawn zusammen gewesen war, außen vor und erzählte alles, was er über diese Nacht sagen konnte, ohne sie zu erwähnen oder was während ihrer gemeinsamen Zeit wirklich passiert war. Am Ende ihres Gesprächs konnte man nur zu dem Schluss kommen, dass Richter mit einem Zauber belegt worden war, aber was dessen Zweck gewesen war, wusste niemand.

Und je länger Richter darüber nachdachte, desto weniger glaubte er, dass Dawn dafür verantwortlich gewesen war. Und er war sich nicht sicher, ob er sich dadurch besser oder schlechter fühlte.

IN DEN NÄCHSTEN Tagen blieb Richter allein. Er arbeitete von zu Hause aus und ließ sogar die Vorhänge vor den großen Fenstern seiner Hochhauswohnung zugezogen. Edward – der Drachenwandler, den Michael vor zwei Wochen mit seinem Bruder Dale am Strand gefunden hatte – schrieb Richter immer wieder Nachrichten und fragte, wann sie wieder zusammen ausgehen würden.

Richter ignorierte die Nachrichten. Es war lange her,

dass er sich das letzte Mal konzentriert mit seiner Arbeit beschäftigt hatte, und sie diente als gute Ablenkung von allem, was ihm sonst so durch den Kopf ging. Meistens schickten ihn die anderen auf die Suche nach neuen Edelmetallvorkommen oder nach verlassenen Bergbaustätten, damit er nutzloses Gestein und verdorbene Mineralien zu etwas Wertvollerem veredeln konnte.

Er reiste viel und tat dies meist, ohne zu fragen. Obwohl Michael und Troy jetzt mehr Kapital brauchten, um Phase 3 ihres Artefaktplans einzuleiten, ließen sie Richter zu Hause Dokumente prüfen, anstatt ihn loszuschicken, um mehr Geld zu verdienen. Sie wollten ein Auge auf ihn haben, vermutete er. Umso besser für ihn, oder vielleicht auch schlechter, je nachdem, wie er es betrachtete.

Dawn war so nah, dass er jederzeit zu ihr gehen könnte, wenn er es wollte. Aber nachdem er gegangen war, war er sich nicht sicher, ob sie ihn wiedersehen wollte. Er war sich nicht sicher, ob sie seine Erklärung hören wollte oder er ihre.

War es so falsch von Richter gewesen, seine Freunde in dem Glauben zu lassen, dass es ein paar verbliebene Claws hätten sein können, die Richters Erinnerungen manipuliert hatten, und nicht Dawn?

Letzten Endes würde es wahrscheinlich keinen Schaden anrichten. Liam würde sorgfältige Nachforschungen anstellen und die Sicherheitsvorkehrungen verstärken, und die anderen wären vielleicht ein paar Wochen lang paranoid. Aber dann würde sich alles wieder beruhigen, wenn nichts weiter passierte. Die Alternative wäre möglicherweise die Zerstörung von Dawns Vampirzirkel, und das durfte Richter nicht zulassen. Der Gedanke an sie war wie ein Messerstich ins Herz.

Er kannte sie kaum, aber sie hatte eine solch starke Wirkung auf ihn.

Der Gedanke an Dawn erweckte Alloy in seiner Brust zu neuem Leben. Er fühlte sich an wie Blei und erwachte gähnend aus einem langen Schlaf. *Wir müssen sie bald wiedersehen*, sagte Alloy plötzlich.

„Du bist der Grund, dass mit ihr alles so schnell schiefgelaufen ist, und du willst wieder zurück?", erwiderte Richter. „Wenn du es nicht so eilig gehabt hättest, wären wir vielleicht noch mit ihr dort. Und ich würde mich nicht so verdammt unsicher fühlen, was ich tun soll."

Du hast die Kontrolle über dich verloren. Das ist nicht meine Schuld. Oder ihre.

„Ich habe nicht die Kontrolle verloren."

Das Handy surrte wieder. Eine weitere Nachricht von Edward. Sie mussten bald auf ihre Insel zurückkehren, sie waren schon zu lange weg und wollten unbedingt mit Richter ausgehen. Er seufzte. Das fühlte sich für ihn genauso widersprüchlich an wie die Frage, ob er Dawn wiedersehen sollte. Wenn er in einen Klub ging, würde ihn das unweigerlich an sie erinnern.

Du solltest sie zum Coven's Call bringen, sagte Alloy.

„Auf keinen Fall", entgegnete Richter, obwohl sein Herz bei dem Gedanken ein wenig schneller schlug. Das konnte er nicht tun. Was, wenn er Dawn begegnete? Das war der springende Punkt. Er durfte Edward und Dale nicht dort hinbringen.

Seine Verärgerung darüber, mit Alloy allein zu sein, erreichte jedoch ihren Höhepunkt. Er würde nichts erreichen, wenn er noch länger in seiner Wohnung blieb und mit einem sturen Drachen über die Ereignisse der letzten zwei Wochen diskutierte. Richter schnappte sich seinen

Mantel und seine Schlüssel und schickte Edward eine Nachricht, in der stand, dass sie sich in fünfzehn Minuten treffen würden.

Edward und Dale warteten vor dem *Butterfly's Nest*, einem weiteren Klub, der bei den magischen Wesen in Blackfall beliebt war. Er gehörte den Feen, und passend zum Namen war sein Logo mit einem neonpinken und einem blauen Schmetterling geschmückt.

„Hey, Mann", sagte Dale, als Richter auf ihn zukam. „Hier sieht's ja richtig toll aus."

„Das war früher mein Lieblingsklub", erwiderte Richter. „Kommt mit, ich zeige euch alles."

Richter hatte noch etwas gut bei der Türsteherin, und die dunkelhaarige Fee nickte, als Richter, Edward und Dale an vorbeigingen und in die Flut der hellen Lampen im Inneren eintauchten. Der Klub war gefüllt mit Leuten, blinkenden Lichtern und lauter Musik. Vor allem aber Frauen und Drinks. Richter könnte einen Scotch gebrauchen, um seinen Kopf freizubekommen.

Aus dem Augenwinkel sah er eine Frau mit hellblonden Haaren und rosa Strähnen. Er drehte sich um, schneller als er sich jemals in seinem Leben bewegt hatte, und sein Herz hämmerte in seiner Brust.

„Dawn?", fragte er, aber als die Frau ihn ansah, mit einem schüchternen Lächeln auf den Lippen, erkannte er, dass sie es nicht war.

Bevor er etwas anderes tun oder sagen konnte, schlug Edward ihm freundschaftlich auf die Schulter. „Die Drinks gehen auf uns!", rief er.

Er und Dale hatten bereits jeweils eine hübsche Frau am Arm, die die beiden mit dem Versprechen auf Freigetränke an die Bar begleiteten. Richter warf mit einem resignierten

Seufzer einen letzten Blick auf die Frau, die er für Dawn gehalten hatte, und folgte dann den anderen. Selbst wenn sie es gewesen wäre, hätte er nicht gewusst, was er zu ihr hätte sagen sollen.

9

DAWN

Bianca und Ruth nahmen sich des Programms für die Veranstaltungen im April beim *Coven's Call* an und begannen, alle von Dawn vorgeschlagenen Änderungen umzusetzen. Abgesehen von der Zaubershow, die Cyrus versucht hatte einzuschmuggeln – und die Dawn umgehend entfernt hatte –, war alles so, wie er es ursprünglich empfohlen hatte. Obwohl er ihr Stellvertreter war, hatte sie ihn in den letzten Tagen überhaupt nicht mehr gesehen, seit sie ihm gedroht hatte, ihn zu verbannen, weil er versucht hatte, sie und Richter durch Magie auseinanderzubringen. Und obwohl Dawn viel Zeit gehabt hatte, sich zu beruhigen, war sie noch nicht bereit, ihn zu sehen.

In der Zwischenzeit taten Bianca und Ruth ihr Bestes, um seinen Platz einzunehmen. Die beiden Frauen waren in vielen Dingen gut, aber Führung und Organisation gehörten nicht zu ihren Stärken.

Dawn hob ein lilafarbenes Band auf, das auf den Klubboden geworfen worden war. „Bianca?", fragte sie. „Du hast noch eins verloren."

Sie eilte hinter der Theke hervor und streckte die Hand

nach dem verlorenen Bändchen aus. „Mist, tut mir leid, ich wusste doch, dass ich noch eines verloren haben muss. Wir sind fast fertig."

„Danke. Die neue Deko sieht sehr hübsch aus."

Bianca machte Anstalten, wieder an die Arbeit zu gehen, hielt dann aber inne, spielte mit der Schleife in ihren Händen und biss sich auf die Lippe.

„Hast du etwas auf dem Herzen?", fragte Dawn.

„Nun, ich habe heute Morgen mit Cyrus gesprochen …"

Dawn drehte sich um, da sie kein Interesse daran hatte, über Cyrus zu sprechen. Hinter ihr klapperten Biancas Absätze laut auf dem Boden, während sie eilig versuchte, mit Dawn mitzuhalten.

„Hey, wartet!", rief sie. „Ich weiß, dass Ihr im Moment zerstritten seid, und ich weiß nicht wirklich, warum, aber es macht uns alle nervös. Ihr standet euch immer nahe, und es ist nicht gut, wenn unsere Führung gespalten ist."

„Es ist auch nicht gut, wenn er behauptet, dass er und ich miteinander schlafen, obwohl so etwas nie passiert ist", sagte Dawn. Sie sah Bianca immer noch nicht an.

„Das ist nicht seine Schuld. Wir alle machen Witze darüber. Er hat das Gerücht nicht einmal in die Welt gesetzt, und keiner von uns glaubt, dass es wahr ist."

Dawn bezweifelte das sehr, aber sie fühlte sich dadurch ein wenig besser. Zu hören, dass ihre Drohung, Cyrus zu verbannen, alle anderen unruhig machte, war allerdings keine gute Nachricht. Wenn sie nichts unternahm, könnten all ihre bisherigen Bemühungen, ihre Position zu festigen und den Zirkel zu verbessern, umsonst gewesen sein.

„Was ich eigentlich sagen will, ist, dass ich mir Sorgen um Euch mache", sagte Bianca. „Und wenn es irgendetwas gibt, was Ruth und ich tun können, um zu helfen, müsst Ihr es uns nur sagen."

Cyrus' Verrat hatte Dawn mehr verletzt, als sie zugeben wollte. Sie waren beste Freunde, und er hatte immer hinter ihr gestanden. Aber gleichzeitig verstand sie, was seine Beweggründe gewesen waren, obwohl sie ihrer Meinung nach die ganze Zeit über, in der sie sich gekannt hatten, völlig ehrlich über ihre nicht vorhandenen Gefühle für ihn gewesen war. Es wäre sicherlich ein Fehler, Cyrus zu verbannen und den Vampirzirkel zu spalten.

Immerhin war niemand verletzt worden, nicht wirklich. Der Vorfall hatte eine mögliche Beziehung zwischen Dawn und Richter erschwert, aber wenn sie eine Woche später immer noch so in ihn verknallt war, musste sie zumindest versuchen, die Dinge wieder ins Lot zu bringen. Und nach einigen Tagen des Nachdenkens hatte sie einen Plan – allerdings keine Ahnung, wie sie ihn umsetzen sollte.

Mit Bianca, Ruth und Cyrus' Hilfe könnte sie es jedoch schaffen.

„Danke für deine Loyalität", sagte Dawn. „Das bedeutet mir sehr viel. Es gibt etwas, das du tun könntest."

„Was immer Ihr wollt", erwiderte Bianca, ohne zu zögern.

„Bringe Cyrus zu mir. Sag ihm, dass es doch noch eine Zaubershow geben wird."

BIANCA UND RUTH legten jede Menge Plakate für die nächste Zaubershow auf den Tisch vor Dawn. Sie waren sehr schön gestaltet und zeigten Richters hübsches Gesicht, umgeben von seiner Metallmagie und Elementen aus den anderen Vorstellungen, die vor seinem Auftritt stattfinden würden.

Cyrus stand ebenfalls hinter dem Tisch, den Blick auf die Plakate gerichtet. „Da Ihr darauf bestanden habt, dass Richter im Mittelpunkt der Show steht, war es nur logisch, ihn auch in den Mittelpunkt der Werbeplakate zu stellen. Sind sie nach Eurem Geschmack?"

„Sie sind perfekt", antwortete Dawn.

Dawn wusste nicht, wie sie Richter erreichen konnte, um ihm die Wahrheit über das Geschehene zu sagen. Als Oberin des Vampirzirkels der Dunklen Rose war sie es gewohnt, alles zu bekommen, was sie wollte – sie konnte sich sogar Leute bringen lassen, wenn sie es verlangte. Nicht Richter. Sie hatten herausgefunden, wer er war: einer der Eigentümer des riesigen Technologie-Unternehmens in Blackfall. Ein Milliardär und zweifelsohne geschützt durch mächtige Magie.

Es war unmöglich, ihn mit ihren üblichen Mitteln aufzuspüren, und das war schließlich der Grund für Dawns Entscheidung gewesen, eine zweite Zaubershow zu veranstalten. Diesmal nicht, weil sie alle Nummern der Zaubershow bereits gefunden hatte, sondern um Richters Gesicht in der ganzen Stadt aufzuhängen, in der Hoffnung, seine Aufmerksamkeit zu erregen. Um ihn wissen zu lassen, dass sie ihn wiedersehen wollte.

Sie konnte nur hoffen, dass er die Plakate sehen und kommen würde.

„Wir müssen anfangen, sie in der ganzen Stadt aufzuhängen", sagte Ruth. „Bianca und ich können das Stadtzentrum abdecken. Cyrus kann sein eigenes Team zusammenstellen, das sich um alles andere kümmert."

Die beiden schnappten sich einen Stapel Plakate und verließen den Klub, sodass Dawn und Cyrus allein zurückblieben. Eine unangenehme Stille breitete sich zwischen ihnen aus.

„Dawn, es ... tut mir leid", sagte er schließlich. „Alles, was ich getan und gesagt habe. Ich weiß, es war total furchtbar, und ich habe keine andere Entschuldigung, als dass ich ein egoistisches Arschloch war. Ich habe nur das Beste für Euch gewollt, aber ich habe mich geirrt."

Nach einer Weile nickte Dawn. „Das hast du", sagte sie, „aber wir alle irren uns manchmal. Du warst unehrlich zu dir und zu mir, was deine Gefühle angeht. Und das ist etwas, was du niemals tun solltest."

„Ich dachte ..." Cyrus seufzte und sah weg. „Ihr habt recht. Was ich für Euch empfinde, ist Respekt und Loyalität. Vielleicht gelegentlich auch Lust. Zu versuchen, das als etwas anderes auszugeben, war falsch von mir. Ich werde es nie wieder tun."

„Weder bei mir noch bei jemand anderem."

„Einverstanden. Und bezüglich Richter ..."

Dawn schüttelte heftig den Kopf. „Lass uns nicht über ihn reden. Ich weiß bereits, was du in dieser Hinsicht fühlst, aber das ändert nichts. Alles, was für mich zählt, ist, dass du meine Wünsche respektierst und mir hilfst, ihn hierher zu bringen. Dann wirst du sehen, was ich sehe. Das verspreche ich dir."

Sicherlich machte sich Cyrus Sorgen darüber, wie es aussehen würde, wenn Dawn sich für längere Zeit einen Liebhaber nahm, der weder ein Vampir noch ein Mensch war. Sie hatten immer noch keine Ahnung, *was* Richter war. Aber jetzt, da sie etwas mehr über ihn wussten – nämlich dass er einer der führenden Köpfe von InnoCell war –, fügten sich die Puzzleteile in Dawns Kopf langsam zusammen. Sie hatte nun eine Ahnung, was er wirklich war, und wenn alles ans Licht gekommen war, würde dieses ganze Drama schnell hinter ihnen liegen.

Und alles würde endlich gut werden. Besser als gut.

Falls er auf ihre Einladung zur nächsten Zaubershow reagierte ...

10

RICHTER

R ichter konnte nicht gut mit Essstäbchen umgehen. Er fummelte mit diesen herum und ließ sie mehrmals in seine Nudeln fallen, sehr zur Belustigung von Troy und seiner jüngeren Schwester Laurel. Sie war nur ein paar Jahre jünger als er, aber ehrlich gesagt war Richter der Meinung, dass sie die Reifere von beiden sei, auch wenn sie manchmal ein Hitzkopf sein konnte.

Sie saß neben Richter, also nahm sie die heruntergefallenen Stäbchen sowie Richters Hände und zeigte ihm, wie man sie richtig hält. „So geht es", sagte sie. Sie ergriff ihre eigenen und machte Zangenbewegungen damit, um es ihm zu veranschaulichen. „Hat dir das noch nie jemand beigebracht?"

Richter schnaubte verärgert. „Ich habe es noch nie lernen wollen. Wozu Stäbchen benutzen, wenn wir doch so gute Gabeln und Finger haben?"

„Na klar würdest du lieber deine Hände benutzen, als zu lernen, wie man Stäbchen verwendet", sagte Troy, und er und Laurel lachten, als wäre es ein Insider-Witz.

„Was soll das heißen?"

„Gar nichts."

Richter versuchte erneut, die Stäbchen zu benutzen, aber es klappte immer noch nicht so recht. Sie wackelten zwischen seinen Fingern hin und her. Wie zur Hölle sollte man damit überhaupt Nudeln halten? Das ergab doch alles keinen Sinn. Aber ein Blick auf Troy und Laurel zeigte ihm, dass sie sie problemlos benutzten. Anstatt sich weiter zu blamieren, gab er sich damit zufrieden, mit einer Gabel zu essen.

„Was ist eigentlich so toll daran, mit Stäbchen zu essen, wenn eine Gabel völlig ausreicht?", fragte Richter, nachdem er sich endlich den Bauch mit der köstlichen Miso-Suppe und den Nudeln vollgeschlagen hatte.

„Es ist einfach typisch asiatisch, sie so zu essen", erwiderte Laurel nach kurzem Nachdenken. „Aber man kann sie natürlich essen, wie man will. Das Wichtigste ist, dass man das Essen zu schätzen weiß."

„Da hast du sicher recht."

„Wie geht es dir eigentlich?"

Richter schob seine leere Schüssel von sich, und während er an seinem Wasser nippte, fiel ihm auf, wie intensiv Laurel und Troy ihn ansahen. Gebündelte Geschwisterpower.

„Mir geht es gut", antwortete er, und das stimmte auch, obwohl es sich anfühlte, als wäre ein Teil seines Herzens ausgehöhlt worden. Diese Leere machte Alloy launisch und nervös, und ihn ebenfalls.

„Bist du dir sicher? Trotz deiner fehlenden Erinnerungen und der möglichen Beteiligung der Claws?", fragte Laurel.

Im ersten Moment ärgerte sich Richter über die Frage, weil er das Gefühl hatte, dass sie sich grundlos Sorgen um

ihn machten. Sie behandelten ihn wie ein Kind, das beson-
derer Fürsorge bedurfte. Aber nach ein paar Sekunden
überwand er diese Verärgerung, da er in Laurels Augen
echte Besorgnis sah. Er hatte ganz vergessen, dass Laurel vor
knapp zwei Jahren eine traumatische Begegnung mit den
Claws gehabt hatte – völlig unerwartet –, als diese einen
InnoCell-Artefakt-Transporter angegriffen hatten, der auf
dem Weg zu einem geheim geglaubten Versteck gewesen
war.

Sie war auch dabei gewesen, als Richter, Liam und
Michael die Claws für immer vernichtet hatten. Oder
zumindest hatten sie das damals geglaubt.

Richter hatte also das Gefühl, als hätte sie ihn deshalb
gefragt, weil sie ebenfalls schreckliche Erfahrungen mit den
Claws gemacht hatte, und nicht, weil sie ihn für schwach
hielt.

„Nun", hob er an, „wie Liam schon sagte, vielleicht
waren es gar nicht die Claws. Seit wir sie ausradiert haben,
ist nichts mehr passiert ... also war es höchstwahrscheinlich
jemand anderes. Ich glaube nicht, dass es einen Grund zur
Sorge gibt."

„Liam wird es mit Sicherheit herausfinden", sagte Troy.
„Wie auch immer, es wird nicht wieder vorkommen. Das
Wichtigste ist jetzt, dass es dir gut geht."

Richter hatte immer noch ein schlechtes Gewissen, weil
er seine Freunde in die Irre geführt hatte, aber im Großen
und Ganzen war es nicht so schlimm. Letztendlich war es
schön, dass er dadurch mehr Zeit mit Troy und Laurel
verbringen konnte. Sie hatten ihn seit dem, was die anderen
den „möglichen Claws-Vorfall" nannten, sehr unterstützt.

In den letzten Tagen, seit Edward und Dale Blackfall
verlassen hatten und in ihre geheimnisvolle Inselheimat
zurückgekehrt waren, hatte Richter endlich damit begon-

nen, sich an sein Vorhaben zu halten, keine Klubs und keine Partys mehr zu besuchen, sondern sich mehr auf die Arbeit zu konzentrieren und sein Leben in den Griff zu bekommen. Obwohl bislang noch nicht davon die Rede sein konnte, dass er irgendetwas im Griff hatte, fühlte er sich besser, wenn er seinen Tag mit anderen Dingen verbringen konnte als in die Stadt zu gehen.

Bereits vor der Begegnung mit Dawn hatte er sich vorgenommen, sein Leben zu ändern. Und nachdem er sie dann kennengelernt hatte, war es ihm nicht richtig vorgekommen, in einen Klub zu gehen, der nicht der ihre war. Und er konnte sich immer noch nicht dazu durchringen, zu ihr zurückzukehren und sie zu sehen.

Eines Tages vielleicht, aber jetzt würde er es einfach nicht schaffen.

„Das Mittagessen geht auf mich", sagte Richter. „Als Dank für eure Gesellschaft."

„Oh, du bist ein Schatz", erwiderte Laurel und umarmte ihn kurz, als sie aufstanden. „Es ist immer schön, Zeit mit dir zu verbringen."

Richter ging zur Theke und bezahlte das Essen. In dem japanischen Restaurant herrschte reger Betrieb, und der Duft von gegrilltem Fleisch und Sojasoße durchzog den ganzen Raum. Während er die Rechnung beglich, starrte er auf die kalligrafischen Schriftzüge, die überall im Restaurant auf Bannern aufgehängt waren. Richter kannte mehrere Sprachen, aber Japanisch war eine, der er nie viel Aufmerksamkeit geschenkt hatte.

Als er draußen zu Laurel und Troy stieß, standen sie nebeneinander vor der Mauer und lasen etwas. Laurel drehte sich um und winkte ihn herbei. „Richter! Du hast uns nicht gesagt, dass du bei einer weiteren Zaubershow mitmachen wirst!", rief sie aufgeregt. „Ich habe mich geärgert, dass ich nicht zur ersten Show eingeladen worden bin, und jetzt machst du eine zweite?"

Richter hob die Augenbrauen und schlenderte zur Mauer, um zu sehen, was sie da anstarrten. Sein Gesicht prangte überlebensgroß auf einem Plakat, das für einen weiteren Auftritt des „Metallmagiers" nächste Woche im *Coven's Call* warb. Richter wusste ganz genau, dass er keinem zweiten Auftritt zugestimmt hatte. Im ersten Augenblick dachte er, dass es sich um einen Irrtum handeln musste. Bevor er diesen Gedanken jedoch weiterspinnen konnte, besann er sich.

Dawn war sicherlich niemand, dem ein derartiger Fehler einfach so unterlaufen würde. Diese Plakate waren also ihr Versuch, mit ihm Kontakt aufzunehmen. Sie wollte mit ihm reden oder ihn zumindest sehen.

Und er wollte sie ebenfalls sehen.

Diese Plakate sprachen eine deutliche Sprache. Nun war es an ihm, den nächsten Schritt zu tun. Entweder würde er zu ihr gehen und ihr damit zeigen, dass er mit ihr über das Geschehene sprechen wollte, oder er würde nicht hingehen, und sie würde dadurch wissen, dass er nicht mehr an ihr interessiert war.

Trotz allem, was zwischen ihnen geschehen war, war es Dawns diskrete Art, die ihn davon überzeugte, dass er hingehen musste. Das und die Tatsache, dass er immer noch nicht glaube, sie wäre für seine Erinnerungslücken verantwortlich. Sicherlich gab es eine Erklärung für das, was passiert war. Eine, die belegte, dass es nicht ihre Schuld gewesen war.

Schließlich grinste er. „Das hatte ich ganz vergessen", sagte er. „Ihr seid herzlich eingeladen, euch die Show anzusehen."

11

DAWN

Dawn versteckte sich hinter den samtenen Vorhängen. Hinter der Bühne war es dunkel, und wenn sie nicht so gut sehen könnte, wäre sie vielleicht in die Gruppe von Künstlern hineingeraten, die darauf warteten, an die Reihe zu kommen. Sie sollten in zehn Minuten beginnen, aber bis jetzt hatte Dawn noch nichts von Richter gehört. Hatte ihr Aufruf zum Handeln funktioniert und er verspätete sich?

Oder geschah das, was sie befürchtet hatte: Er hatte beschlossen, gar nicht zu kommen?

Oder, vielleicht noch schlimmer, hatte er keines ihrer Plakate gesehen und nicht gewusst, dass er heute Abend auftreten sollte?

Sie wurde langsam nervös und knetete ihre Hände, um sich zu beruhigen. Aber sie konnte nicht ruhig bleiben. Wenn Richter nicht kommen würde, würde das nicht gut enden. Ihre Werbekampagne für den Metallmagier war die bislang erfolgreichste des *Coven's Call* gewesen, und eine Absage oder ein Nichterscheinen Richters wäre eine Katastrophe.

Die Leute würden wütend sein. Nicht nur ihre Stamm-
kunden, sondern auch die Neuen und Neugierigen und
natürlich ihr eigener Vampirzirkel. Sie könnten eine eigene
Vorstellung einschieben, aber das würde Richter bei
Weitem nicht ersetzen. Es könnte die Dinge sogar noch
schlimmer machen.

Wenn er nicht auftauchen sollte, wäre es vielleicht das
Beste, die Show abzusagen. Sie schloss die Augen, atmete
tief durch und tauchte in die Dunkelheit und das
Geschnatter der aufgeregten Menschen ein. Fünf Minuten.
Hinter der Bühne flackerte ein Licht auf, und Dawn warf
einen Blick nach hinten und musterte die Gesichter. Kein
Richter.

Eine Minute.

Ihr kleines Spiel war vorbei. Dawn hatte versucht,
Richter zu sich zu locken, und war gescheitert. Eine Welle
von Emotionen schwappte über sie, und sie biss sich auf die
Lippe, um sie unter Kontrolle zu halten. Es war an der Zeit.
Die Show musste abgesagt werden. Ihre Schultern zitterten,
aber sie ließ sie nicht sinken. Nein, sie würde diese Nieder-
lage mit Würde tragen.

Das Publikum verfiel in Schweigen, und der Vorhang
öffnete sich so weit, dass sie hindurchtreten konnte, einge-
hüllt in eine Illusion, sodass es aussah, als ob sie aus dem
Nichts in der Mitte der Bühne auftauchte. Die Leute
schnappten nach Luft.

Dawn lächelte trotz der ernsten Nachricht, die sie dem
Publikum gleich überbringen würde.

„Guten Abend, meine Damen und Herren", sagte sie. Ihr
Blick schweifte über die Gäste und betrachtete ihre
ehrfürchtigen und aufgeregten Gesichter. „Heute Abend ..."

Sie hielt inne und ließ den Blick erneut über die Menge
schweifen. Ganz hinten stand Richter. Selbst bei dem

schwächsten Licht würde sie dieses Gesicht überall erkennen. Ihr Herz schlug ihr bis zum Hals, und zehn Sekunden lang starrte sie ihn an, ohne ein Wort zu sagen. Er war hier. Er war gekommen, und die Show konnte wie geplant stattfinden. Dawn blinzelte und ersetzte ihren überraschten Gesichtsausdruck durch ein Lächeln.

Richter nickte ihr zu und ging um das Publikum herum zum Backstage-Bereich.

Dawn begann ihre Rede erneut. Diesmal mit der Gewissheit, dass die Show stattfinden würde.

Und sie würde besser sein als alles, was sie davor zum Besten gegeben hatten.

ALS RICHTERS AUFTRITT ENDETE, hatte er einen riesigen, gitterartigen Drachen geschmiedet, der doppelt so groß war wie er. Er folgte ihm in einem kunstvollen Tanz über die Bühne, ließ ihn auf seinen Rücken steigen, und gemeinsam schwebten sie durch den Saal. Am Ende verschwanden er und sein Drache hinter der Bühne und landeten direkt vor Dawn auf einem Knie.

Er streckte ihr eine Hand entgegen. Hier hinten konnte sie niemand sehen, und wenn Dawn ein lebendiges Herz in der Brust und Blut in ihren Adern gehabt hätte, wäre sie einer Ohnmacht nahe gewesen.

Schließlich ergriff sie seine Hand. „Richter …", sagte sie. „Das war das Schönste, was ich je gesehen habe." Sie hielt inne und holte tief Luft. „Ich wusste nicht, ob du kommen würdest."

„Ich hätte es um nichts in der Welt verpassen wollen", flüsterte er, und als sie ihm in die Augen sah, wusste sie, dass er es ernst meinte. „Aber du hast Glück, dass ich die Plakate gesehen habe."

Dawns Lippen formten ein unsicheres Lächeln. „Ich war mir nicht sicher, ob es funktionieren würde, aber es war alles, was mir eingefallen war."

Er drückte ihre Hand und stand auf. Hinter ihnen, wo Cyrus, Ruth und Bianca die Abschlussrede für die Zaubershow hielten, brach ein jubelnder Applaus aus. Aber jetzt, wo Richter hier war und ihre Hände ineinander verschränkt waren, war die Show das Letzte, woran Dawn dachte. Alles, was sie wollte, war, ein ruhiges Plätzchen zu finden, wo sie mit Richter würde reden können.

Es gab so viel, worüber sie reden mussten. So viele unausgesprochene Dinge, die sie einander sagen wollten. Dawn wusste nicht, wo sie anfangen sollte, nur dass sie jetzt, wo sie nach einer gefühlten Ewigkeit wieder zusammen waren, damit beginnen konnten, die Dinge zwischen ihnen in Ordnung zu bringen. Der elektrische Strom, der bei seiner Berührung ihren Arm hinaufgekrochen war, schraubte sich noch ein Stückchen höher. Er entfachte das Feuer, das während ihrer Trennung zum Stillstand gekommen war.

„Wir sollten uns einen Platz suchen, an dem wir nicht gestört werden", sagte Richter.

„Wollen wir zurück in meine Suite gehen?", schlug Dawn vor.

Als sie das sagte, wurde ihr klar, dass das angesichts dessen, was dort vorher passiert war, vielleicht keine gute Idee war. Und allein der Gedanke an das letzte Mal, als sie in ihrer Suite gewesen waren, brachte Dawn zum Schwitzen. In den fünf kurzen Tagen, die sie zusammen verbracht hatten, hatten sie unter anderem wie die Karnickel gevögelt. So gerne Dawn in den letzten Tagen in diesen Erinnerungen geschwelgt hatte, war es vielleicht nicht der beste Ort, um ein ernstes Gespräch zu führen.

„Wie wäre es stattdessen mit einem Spaziergang im Mondschein?", fragte Richter.

„Das wäre sogar noch besser."

Dawn ging nicht viel aus. Obwohl Blackfall über ein reges Nachtleben verfügte, verbrachte sie die meiste Zeit des Tages damit, den *Coven's Call* und ihren Vampirzirkel zu managen. Das waren ihre Berufungen, das, was sie täglich antrieb. Das Einzige, was ihr fehlte, war jemand, mit dem sie es teilen konnte. Jemand, der sie dazu bringen würde, ihre Perspektive zu erweitern, und sei es nur ein bisschen.

War Richter dieser fehlende Part in ihrem Leben?

Er nahm ihren Arm und legte ihn um den seinen, und gemeinsam verließen sie den Klub durch den Hintereingang und schlossen sich den wenigen anderen Paaren an, die zu später Stunde noch durch die Stadt spazierten. Sie gingen in Richtung des Strandes, der nur fünfzehn Minuten zu Fuß vom Klub entfernt war. Dawn konnte sich nicht daran erinnern, wann sie das letzte Mal dort gewesen war.

„Also", sagte Dawn, als sie endlich allein waren, „du bist ein Drachen-Gestaltwandler, oder?"

Er warf ihr einen erschrockenen Blick zu. „Wie hast du das herausgefunden?"

Sie schmunzelte. „Es gibt nur wenige magische Menschen, die so von sich selbst besessen sind. Du hast in der Zeit, in der wir zusammen gewesen waren, ein paar Drachen zu viel gezeigt. Und ... ich habe nachgeforscht. Meiner Meinung nach passt alles zusammen. Obwohl ich zugeben muss, dass ich keine Expertin bin."

„Ich bin beeindruckt. Du bist die Erste, die das so schnell erkannt hat."

Sie gingen ein paar Minuten schweigend nebeneinander her, und vor ihnen tauchten das Meer und der Sandstrand auf. Das Mondlicht glitzerte auf dem Wasser. Ein atemberaubender Anblick – wenn Dawn in der Lage gewesen wäre, sich auf etwas anderes als Richter zu konzentrieren. Das Heben und Senken seiner Brust, die Wärme seines Arms an ihrem, die Art, wie er mit den Füßen schlurfte, wenn er nervös war.

„Es gibt nur noch wenige von deiner Art", sagte Dawn nach einer Weile. „Wenn nicht all die Drachen mit eurer Magie aufgetaucht wären, hätte ich gedacht, dass es gar keine mehr gibt."

„Es gibt vielleicht mehr von uns, als du denkst."

Daraufhin blickte Dawn ihn an. Er lächelte. „Was meinst du damit?"

„Ach, vergiss es. Ich glaube, wir haben wichtigere Dinge zu besprechen."

Wieder herrschte Stille, aber diesmal dauerte sie nicht lange. „Richter, ich … Es tut mir wirklich leid, was passiert ist. Das letzte Mal, als wir zusammen waren, war alles … perfekt. Ich habe nicht einmal gemerkt, dass etwas nicht stimmte, bis du aufgewacht bist und gesagt hast, du wüsstest nicht, wie viel Zeit vergangen war. Ich habe Magie auf dich angewandt, aber nur, um unsere Anziehungskraft zu verstärken, nicht, um dir zu schaden."

„Ich weiß", sagte Richter. „Als du sagtest, du hättest Magie bei mir angewendet, bin ich ausgeflippt. Ich dachte, dass du für meine verlorenen Erinnerungen verantwortlich warst. Aber je mehr Zeit ich hatte, darüber nachzudenken, desto mehr kam ich zu der Überzeugung, dass du es zumindest nicht absichtlich getan hattest." Er hielt inne und sah sie aus den Augenwinkeln an. „Denn nach allem, was ich über dich wusste, nach allem, was ich gefühlt habe, als ich mit dir zusammen war … Selbst wenn ich mich nur an Bruchstücke unserer gemeinsamen Zeit erinnern konnte, wollte ich nicht glauben, dass du zu so etwas fähig wärst."

Dawn war tot, und die Toten waren kalt, aber dann breitete sich echte Wärme in ihr aus. Einfach so flammte das Feuer zwischen ihr und Richter wieder auf. Er hielt sie nicht für ein Monster. Vielleicht war dieses Gespräch doch nicht so unmöglich, wie sie gedacht hatte.

„So etwas hätte ich nie getan", sagte sie. „Warum sollte ich wollen, dass du vergisst, was zwischen uns vorgefallen ist?"

Als sie sich in die Augen schauten, sah Dawn in den seinen, dass er sich an genug ihrer fünf gemeinsamen Nächten erinnerte, um zu verstehen, dass es für sie keinen Grund gab, sie auslöschen zu wollen. Wie sie ihm bereits gesagt hatte, waren diese Nächte magisch und perfekt gewesen und *alles*, was sie sich je hätten wünschen können.

„Und ich hätte unsere gemeinsame Zeit niemals vergessen wollen. Aber was ich wissen muss, Dawn, ist, was wirklich nach der Show passiert ist. Warum waren mir meine Erinnerungen entglitten? Warum waren einige so klar und andere wie Nebel?"

Sie bemerkte, wie Richters Stimme ein wenig zitterte. Es war ihr bis dahin nie in den Sinn gekommen, wie schlimm der Verlust eines großen Teils seiner Erinnerungen gewesen sein musste. Zu wissen, dass ihm Dinge passiert waren und dass er Dinge getan hatte, und sich nur an Bruchstücke erinnern zu können … das konnte sie sich nicht wirklich vorstellen.

„Die ganze Geschichte ist … kompliziert", sagte Dawn, und das war nahe an der Wahrheit dran.

„Kompliziert macht mir nichts aus. Ich will nur die Wahrheit."

Sie erreichten den Strand, und während sie auf dem gepflasterten Bürgersteig neben dem Sand entlangliefen, löste Dawn ihren Arm von seinem und begann zu erklären. Die Kälte kroch in ihren Arm und in ihren Körper zurück, aber diese Kälte erinnerte sie daran, warum es wichtig war, ihm zu sagen, was sie wusste.

„Ich wünschte, ich könnte sagen, dass es ein Unfall war", sagte sie, „aber das war es nicht. Ich kann dir aber versichern, dass nicht ich dafür verantwortlich gewesen bin. Obwohl man natürlich sagen könnte, dass es meine Schuld war, dass es weit gekommen ist."

„Da musst du mir schon noch etwas mehr sagen." Richter steckte die Hände in die Taschen. „Wer hat es getan? Warum sagst du immer noch, dass es deine Schuld war?"

Dawn wollte Richter alles erzählen, aber sie wollte Cyrus nicht den schwarzen Peter zuschieben. Schließlich war niemand ernsthaft verletzt worden, und sie glaubte, dass er zur Vernunft gekommen war und eingesehen hatte, warum sein Handeln falsch gewesen war.

„Jemand, der sich für mich interessierte, hat gemerkt, dass ich dich mag", hob Dawn vorsichtig an, „und war der Meinung, dass du nicht zu mir passt. Er hat sich eingemischt. Sein Ziel war es nur, dich zu vertreiben, indem er deine Erinnerungen an mich und deine positiven Gefühle mir gegenüber auslöscht, nicht aber, dir ernsthaft zu schaden. Ich hätte seine Absichten früher erkennen müssen, aber meine Gedanken waren ... von anderen Dingen vernebelt worden."

Und sie hatte geglaubt, dass die Vereinbarung zwischen ihr und Cyrus felsenfest gewesen war. Aber auch das hatte sich inzwischen geklärt.

„Und was hast du mit diesem Bastard gemacht, als du es herausgefunden hast?", fragte Richter.

„Er wurde entsprechend dafür bestraft. Ich habe dafür gesorgt, dass er sich der Tragweite seiner Fehler bewusst ist."

Somit wusste Richter, dass sie Cyrus nicht verbannt hatte, aber sie hoffte, dass er ihre Entscheidung verstehen und ihrem Instinkt vertrauen konnte, dass die Sache wirklich erledigt war. Eine Zeit lang schwieg Richter. Ihre Schuhe scharrten auf dem Weg, und auch das Rauschen der Meereswellen und gelegentlich ein Fahrzeug in der Ferne waren zu hören. Aus den Augenwinkeln sah er sie immer wieder an. Sie wusste es, weil sie genau das Gleiche tat.

Er sagte nicht, was er darüber dachte, und Dawn zitterte innerlich, weil sie unbedingt wissen wollte, in welche Richtung er kippen würde. Würde er ihre Entscheidung für inakzeptabel halten oder wäre er der Meinung, dass sie das angemessen geregelt hatte? Sie wollte ihn wieder berühren, sich an seine Brust schmiegen, damit er seine Arme um sie schlingen und ihr sagen konnte, dass alles vergeben wäre.

Sie wollte sich in den elektrischen Strom stürzen, der zwischen ihnen pulsierte, aber sie wagte es nicht, bevor sie nicht zumindest eine Ahnung davon hatte, was er dachte.

Nach endlos scheinenden Minuten stieß Richter einen langen Seufzer aus. „Es war Cyrus, nicht wahr?"

Dawns Stirn legte sich in Falten. „Woher wusstest du das?"

„Die Art, wie er mich angesehen hat, als wir uns das erste Mal begegnet sind. Und seitdem jedes Mal. Nicht ganz so, als wäre ich eine Konkurrenz ... eher so, als wäre ich ein Ärgernis."

„Noch ein Grund, warum es meine Schuld war", murmelte Dawn. „Ich wusste, dass er dich nicht mag. Aber ich habe nicht erwartet, dass er etwas unternehmen würde ...“ Sie fuchtelte mit ihren Händen herum, unfähig, genau auszudrücken, wie leid es ihr tat, wie sich die Dinge entwickelt hatten. „Es tut mir leid.“

Richter dachte nach, und als er wieder sprach, wirkte er ernst und besonnen. „Und du bist dir absolut sicher, dass er so etwas nie wieder tun wird? Weder mit mir noch sonst jemandem?“

„Ja.“

In diesem Augenblick nahm Richter Dawns Hand in seine. Bei seiner Berührung durchflutete Wärme ihren Körper, und sie sog überrascht die Luft ein. Er zog sie näher an sich heran und strich ihr zögernd mit den Fingerspitzen über die Wange.

„Wenn du mich fragst“, sagte er, „hatte er recht. Ich bin *tatsächlich* an dir interessiert. Und die ganze Zeit über habe ich gezweifelt, ob ich deiner würdig bin. Ich habe mich so oft gefragt, ob du mich nach jenem Morgen, an dem ich gegangen war, einfach vergessen würdest, oder ob du weiter an mich denken würdest. Du warst ständig in meinen Träumen, seit wir uns das letzte Mal getrennt haben. “

„Richter, ich ...“ Dawn betrachtete sein Gesicht, ihre Augen huschten hin und her und versuchten herauszufinden, was sie sagen sollte. „Ich habe dich nie vergessen können. Als wir uns das erste Mal begegnet sind, wusste ich, dass da etwas war. Etwas, vor dem ich nicht weglaufen konnte.“

Dawn wollte noch mehr sagen. Sie wollt ihm mitteilen, was sie fühlte, aber als sie ihren Mund wieder öffnete, lagen Richters Lippen auf ihren. Er küsste sie heftig, verlangte nach ihrem Geschmack oder vielleicht nach der Bestätigung, dass es das war, was sie beide wollten. Ihre Zungen wurden zu einem Wirrwarr aus Verlangen und Seufzern, ein Zeichen ihrer gemeinsamen Verzweiflung und Sehnsucht nacheinander.

Ihre Körper verschmolzen miteinander, und die Illusion, dass es noch irgendwelche Barrieren zwischen ihnen gab, löste sich auf. Richter hielt ihr Gesicht zwischen seinen Händen, und sie schlang die Arme fest um ihn, als ob sie ihm durch ihr Festhalten zeigen könnte, wie sehr sie ihn brauchte.

„R-Richter", keuchte Dawn, als er sie endlich losließ.

Auch er schlang die Arme um sie, zog sie an seine Brust und drückte sie fest an sich. Eine Weile standen sie einfach nur da, atmeten den Duft des anderen ein, schmeckten die Freiheit des Meeres. Sein Herzschlag pochte in ihrem Ohr, und ihr wachsendes Bedürfnis nach ihm wallte in ihrer Brust, ihrem Bauch, zwischen ihren Beinen. Nach allem, was sie durchgemacht hatten, hatte Dawn das Gefühl, dass ihr Wiedersehen viel mehr als nur einen leidenschaftlichen Kuss verdient hatte.

„Lass uns zu mir gehen", sagte Richter, während er mit einer Haarsträhne zwischen seinen Fingern spielte. „Es ist nur um den Block."

Sie schaute ihm wieder in die Augen und sah sein Verlangen in seinem Blick. Auch diesmal verstanden sie einander ohne Worte.

12

RICHTER

Sie setzten sich auf das Sofa in Richters Wohnzimmer, sobald sie seine Wohnung betreten hatten. Die Vorhänge waren zugezogen, aber als sie hereingekommen waren, hatte er eine schwache Lampe angemacht, damit er Dawns schönes Gesicht und ihren Körper weiterhin betrachten konnte. Sie trug ein schmales, schwarzes Kleid, das mit einem komplizierten Paillettenmuster verziert war, eine Abwechslung zu ihren sonst üblichen Korsettkleidern und Miederwaren.

Auch wenn das Kleid ihr sehr schmeichelte, wollte Richter es ihr vom Leib reißen.

Ihre Lippen trafen sich für einen kurzen Moment, ihre Atemzüge vermischten sich und verschmolzen miteinander. Während sie sich küssten, griff er hinter sie, um den Reißverschluss ihres Kleides aufzumachen, und schälte es langsam, Zentimeter um Zentimeter, von ihren Schultern, ihrem Rücken und ihrer Brust.

Als er ihre nackte Haut enthüllte, verschlangen seine Hände sie. Sie fühlte sich kühl an, und doch brannte er bei der Berührung, als hätte er seine Hände neben ein offenes

Feuer gelegt. Sein Körper kribbelte, als auch sie ihn berührte und ihre Finger feurige Spuren in ihn brannten. Die Berührung einer Frau hatte sich noch nie so gut angefühlt. Überhaupt keine Berührung, auch nicht die vom letzten Mal, als sie zusammen gewesen waren.

Er stöhnte, und ihre Küsse wurden verzweifelter, ihre Hände hastiger. Das Kleid rutschte über ihre Hüften und Schenkel und fiel dann zu Boden, ebenso Richters Hemd. Er versuchte, sie flach auf das Sofa zu drücken, begierig darauf, sie mit seinem Mund zu verwöhnen. Er hatte sie gekostet, als sie das letzte Mal zusammen gewesen waren, und seitdem sehnte er sich nach ihr – aber Dawn hatte andere Pläne. Sie griff nach seinem Gürtel und zog ihn ab, öffnete den Reißverschluss seiner Hose und nahm seinen Schwanz in die Hand.

Es pulsierte bei ihrer Berührung, und Richter unterdrückte ein Stöhnen. Sie sah ihn mit schelmischen Augen an, bevor sie seinen Schwanz in den Mund nahm.

Richters Augen rollten nach hinten, und alles verzehrende Lust, die von den Stellen ausging, an denen sie ihn mit ihren Lippen und Händen berührte, durchfuhr seinen Körper. Sie streichelte ihn mit einer Hand und massierte seine Spitze mit ihren Lippen und ihrer Zunge.

„Fuck, Dawn", stöhnte er leise vor sich hin. Das Gefühl brachte die Erinnerung daran zurück, wie sie ihm das letzte Mal einen geblasen hatte, als sie zusammen gewesen waren, die Erinnerung, die ihn in den letzten zwei Wochen immer wieder heimgesucht hatte. Aber jetzt, wo sie ihn wieder in ihrem Mund hatte, traf ihn die Erinnerung mit voller Wucht, und er lebte diesen Moment und die Erinnerung zugleich.

Er erschauderte, und Dawn ließ ihn vorsichtig von ihren Lippen fallen. „Vorsicht, mein Süßer, sonst hältst du den

Rest des Vergnügens, der uns heute Abend zusteht, nicht durch."

„Ich fürchte, du bist diejenige, die vorsichtig sein muss", erwiderte er.

Sie lachte, nahm ihn wieder in den Mund und wippte mit dem Kopf. Sie sandte Wellen der Lust durch ihn hindurch und hielt ihn davon ab, das zu beenden, was er eigentlich hatte sagen wollen: dass es viel mehr als das brauchen würde, um ihre gemeinsame Nacht zu beenden. Er fuhr mit den Fingern durch ihre Haare und gab sich ganz dem Empfinden hin, das sie ihm verschaffte. Es schien so unmöglich, dass sie hier waren, zusammen, nach allem, was sie durchgemacht hatten. Noch vor wenigen Tagen hatte er geglaubt, sie würde nichts mit ihm zu tun haben wollen. Alles hatte sich geändert, als er das Plakat gesehen hatte.

Die ganze Zeit über hatten sie Angst davor gehabt, was der andere dachte, und hatten das Schlimmste vom anderen angenommen, obwohl sie einander in Wirklichkeit mehr als alles andere auf der Welt begehrten. Wie hatten sie gleichzeitig so richtig und so falsch liegen können?

Als die Bewegungen von Dawns Mund fast zu viel wurden, wölbte Richter den Rücken und atmete nur noch stoßweise. Jedes Schnippen ihrer Zunge brachte ihn näher an den Rand des Abgrunds, aber er würde ohne sie nicht springen. Er zog sich aus ihrem Mund zurück, obwohl sie protestierte.

„Ich bin noch nicht fertig", sagte sie und öffnete den Mund, um ihn wieder aufzunehmen.

Sie knurrte, als er seinen Schwanz knapp außerhalb ihrer Reichweite von ihr fernhielt. „Ich brauche dich", sagte er schroff, fast animalisch. Das war es, was sein Bedürfnis nach ihr geworden war: roh und ursprünglich, etwas, das er nicht länger zurückhalten konnte. Er brauchte sie, alles von ihr, oder seine Drachennatur würde die Kontrolle übernehmen.

Schließlich hörte sie auf, sich zu wehren, und er legte sie auf das Sofa. Sie lag direkt unter ihm, ihre Brust hob und senkte sich, und ihre Augen leuchteten vor Verlangen. Sie wollte das genauso sehr wie er – und es gab nichts mehr, was sie zurückhielt.

Richters Hände wanderten über ihren Körper und machten sich wieder mit jeder ihrer weichen Kurven vertraut. Ihr Körper war die reinste Perfektion: Ihre Hüften passten perfekt zu seinen Händen, ebenso wie ihre Brüste, alles an ihr. Er verwöhnte sie mit seinem Mund. Er küsste und knabberte an ihrem Hals und ihrem Schlüsselbein, an ihren Brüsten – und erntete eine Reihe von Zittern, Seufzern und Stöhnen.

Als sie sich bei seinen Berührungen krümmte und es für sie beide unerträglich wurde, noch länger zu warten, schob Richter seine Erektion zwischen ihre Beine. Er ließ zu, dass sie ihre Hüften bewegte, um ihn mit ihren feuchten Lippen zu streicheln, und ein heißer, elektrischer Puls des Verlangens brannte in ihnen. Schließlich brachte er sich in Position und drang dann in sie ein.

Sie keuchte, und er unterdrückte ein Stöhnen. Das war es, worauf er gewartet hatte. Sobald er in ihr war, konnte er nicht mehr anders: Er bewegte seine Hüften und füllte sie in einem unberechenbaren Tempo aus, das schneller war als sein Herzschlag. Schließlich beugte er sich vor, und sie drückte ihre Hände auf seine Brust, dann auf seinen Rücken und zog ihn näher zu sich. Sie drückte ihre Brüste gegen ihn und umklammerte ihn fest, während sie nach einem für sie beide passenden Rhythmus suchten.

„Richter ...“, keuchte Dawn, und der Klang ihrer Lust

und das Gefühl, wie sie sich an ihn presste, trieb ihn weiter an.

Ihre Körper tanzten einen Tanz der Leidenschaft, ihr Fleisch verbrannte beinahe, bis sie nur noch aus gegenseitigem Verlangen und Lust bestanden. Ihr Stöhnen wurde zu der Symphonie ihres Liebesspiels und trieb sie über ihre jeweiligen Grenzen hinaus. Sie wurden zu etwas Größerem.

Zu sagen, dass sie in diesem Augenblick zu etwas Größerem wurden, war jedoch nicht ganz richtig – sie waren bereits etwas Größeres, bevor sie sich kennengelernt hatten. Erst jetzt kam Richter der Gedanke, dass Sex die physischen und psychischen Fähigkeiten des Körpers übersteigt. Und selbst diese Erkenntnis schien in diesem Moment weit weniger wichtig zu sein als das Auskosten der Lust, die er jetzt erlebte.

Richter stieß härter in Dawn hinein. Schneller. Ihre gemeinsamen Schreie wurden zu einem Lied, das Gebäude zum Einsturz hätte bringen können. Es legte ihre Lust, ihr Verlangen und ihre Begierde frei, sodass der andere sie hören und verstehen konnte. Es gab nichts anderes mehr für sie: Sie brauchten nichts anderes als einander.

Ein heißer Schlag der Endgültigkeit durchzuckte Richter. Dawn schrie auf, ihr Zittern wurde zu einem Erdbeben, und verzweifelt umschlangen ihn ihre Arme noch fester. Sie krallte sich wie ein Tier in seinen Rücken und brüllte, als die letzten Wellen der Lust durch sie hindurchfuhren. Sie durchdrangen auch Richter, zogen ihm sämtliche Kraft aus seinen Muskeln und Knochen und ließen ihn schwach und zitternd in Dawns Armen zurück.

Gemeinsam beruhigten sie sich, und ihr Rhythmus verlangsamte sich, bis sich schließlich die Hitze und die Leidenschaft aus ihren Körpern und aus ihrer Haut lösten und sie auf dem Sofa zusammenbrachen. Dawn schmiegte sich an Richters Brust, und ihre Lippen berührten seine Schulter.

„Sollen wir uns aufs Bett legen?", fragte er nach einer Weile, als sich ihr Atem verlangsamt hatte und Richters Kopf lange genug aufhörte, sich zu drehen, sodass er klar hatte denken können.

Aber Dawn reagierte nicht: Sie schlief bereits fest. Richter lächelte, zog sie etwas näher zu sich und warf eine leichte Decke über sie beide. Und auch er schlief ein, so glücklich wie noch nie in seinem Leben.

RICHTER SEUFZTE ZUFRIEDEN, als er erwachte und Dawn in seinen Armen war. Ihre Haut war normalerweise etwas kalt, aber jetzt fühlte sie sich warm an. Er war sich nicht sicher, ob sie so bleiben würde oder ob es eine Folge des Zusammenseins war. Er hoffte, dass es von Dauer sein würde.

Durch die Vorhänge blitzten ein paar Strahlen der Morgensonne, aber sie befanden sich auf der anderen Seite des Raumes. Das waren Details, auf die er bisher nicht besonders geachtet hatte, aber als er begann, mehr über Dawn nachzudenken, wurde ihm klar, wie wichtig sie waren. Kühle Haut aufgrund des fehlenden Blutflusses, die Gefahren des Sonnenlichts – das waren nur ein paar der Einschränkungen, die das Vampirdasein mit sich brachte.

Er drückte sie fest an sich, aber sie schlief weiter. Auch wenn sie die äußeren Probleme, die sie zuvor auseinandergetrieben hatten, aus dem Weg geräumt hatten, hatte Richter andere Sorgen im Kopf. Noch war nicht alles zwischen ihnen geklärt. Er wusste, ebenso wie sein Drache in ihm, dass er mit Dawn zusammen sein wollte, egal was. Aber was trieb dieses unstillbare Verlangen an? Warum bestand Alloy so sehr darauf, dass Richter und Dawn zusammenkamen?

War das von Bedeutung?

Für Richter war es das. Ungeachtet all seiner Fehler in der Vergangenheit, der Frauen, die ihn verführt hatten, seiner früheren Wahnvorstellungen und Instinkte, die ihn in die Irre geführt hatten – er fühlte eine Verbindung zu Dawn, die tiefer war als alles, was er jemals für jemanden empfunden hatte. Was immer er mit ihr hatte, er wollte daran festhalten, unter allen Umständen. Es spielte keine Rolle, dass sie ein Vampir und er ein Drachen-Gestaltwandler war.

Bevor er Dawn begegnet war, war er besessen davon gewesen, seine Gefährtin zu finden – die Frau, die für ihn bestimmt war. Er war immer wieder gescheitert, wie so viele andere Gestaltwandler vor ihm. Er fragte sich, ob diese Verbindung, die er zu Dawn spürte, genau das sein könnte, wonach er so lange gesucht hatte. War das möglich? Fast hätte er über den Gedanken gelacht. Es wäre wirklich eine Ironie des Schicksals, wenn er die Suche aufgegeben hatte und ihr schließlich begegnet war. Aber er wollte den Gedanken nicht gleich wieder verwerfen. Nicht, wenn er so viel für sie empfand.

Nach einer Weile regte sich Dawn. Sie blinzelte mit verschlafenen Augen zu ihm auf. „Guten Morgen, mein Hübscher", sagte sie.

„Möchtest du etwas essen?", fragte er.

Sie gluckste. „Nicht das, was du meinst."

Ah. Noch etwas, das er über Vampire vergessen hatte. Wenn er mit Dawn zusammen sein wollte, würde er sich auf einiges einstellen müssen. Dennoch würde er alles tun, was in seiner Macht stand, um mit ihr zusammen zu sein, selbst wenn er dafür sein ganzes Leben umkrempeln müsste. Dieser Gedanke ließ ihn jedoch innehalten. Er ließ ihn an sich selbst zweifeln. Er hatte sich in der Vergangenheit so oft geirrt. Was, wenn er die Welt durch eine rosarote Brille sah?

Dann erinnerte er sich daran, was Alloy immer wieder versucht hatte, Richter einzubläuen: Seine Freunde sorgten sich mehr um ihn, als er zugeben wollte.

Und meistens schienen sie eine bessere Menschenkenntnis zu haben als er. Früher hatte er ihnen seine Freundinnen vorgestellt, aber sie hatten schnell durchblicken lassen, wen sie gemocht hatten und wen nicht – auch wenn Richter ihnen nie zugehört hatte. Obwohl er sich bei Dawn ziemlich sicher war, würde es ihm Klarheit verschaffen, wenn er wüsste, was seine Freunde über sie dachten. Ihre Antworten könnten ihm helfen zu entscheiden, ob er verrückt war oder ob er und Dawn wirklich perfekt zueinander passten.

Selbst wenn sie sie nicht mögen sollten, bezweifelte Richter, dass er auf sie hören würde – genauso wenig wie die anderen Male. Aber wenigstens würde er diesmal etwas bewusster an die Situation herangehen.

„Sag mal ... Wie verhält es sich bei dir mit Essen im Allgemeinen? Kannst du es zu dir nehmen, willst es aber nicht? Oder ist es unmöglich?", fragte Richter.

Dawn presste die Lippen aufeinander und gab einen nachdenklichen Laut von sich. Es war erstaunlich, wie ihre Lippen auch ohne Lippenstift blutrot zu bleiben schienen.

„Manche Lebensmittel sind für uns unangenehm zu verzehren", erwiderte sie, „aber ansonsten können Vampire sehr gut essen."

„Was hältst du davon, ein paar meiner Freunde kennen-zulernen?"

Während er das sagte, formte sich in seinem Kopf ein vager Plan. Er könnte eine Party veranstalten, nur für sie und ihre Freunde, damit diese Dawn kennenlernen konn-ten. Sie würde spät in der Nacht stattfinden müssen, um ihrer Aversion gegen Sonnenlicht Rechnung zu tragen, aber das war ein kleines Hindernis, wenn es darum ging, ein Abendessen zu arrangieren. Sie würden einfach ein paar Stunden später anfangen.

Dawns Augen blitzten amüsiert auf. „Jetzt schon? Meine Güte, du bist aber schnell."

Richter strich mit den Fingern über ihren Arm und bemerkte, wie sie dabei erbebte. „Vielleicht, aber ich glaube nicht, dass wir wie andere Paare sind. Wir könnten noch ein paarmal miteinander ausgehen, und ich hoffe, dass wir das auch tun, aber ..."

Er brach den Satz ab, denn Dawn hatte die Arme um ihn geschlungen und ihn geküsst. Ihre Lippen waren weich und beruhigend, eine Erinnerung an die Verbindung, die sie teilten. Elektrizität lag in der Luft, und als Dawn sich zurückzog, schluckte Richter schwer. Er musste sich zusam-menreißen, um seine Augen nicht über ihren nackten Körper wandern zu lassen, begierig auf weitere fleischliche Genüsse.

„Du musst dich nicht rechtfertigen", sagte sie. „Ich weiß, dass du nur wenige Erinnerungen an die fünf Tage hast, die wir zusammen verbracht haben, aber du hast mir von ihnen erzählt. Sie sind ein großer Teil deines Lebens, so wie mein Vampirzirkel ein großer Teil meines Lebens ist."

Er nickte. Das fasste seine Gedanken ziemlich gut zusammen. „Ich wünschte, ich könnte mich an alles erinnern."

Es war vor allem der Sex, der ihm in Erinnerung geblieben war, und obwohl er diese Erinnerungen genoss, waren ihre nächtlichen Gespräche und die Geheimnisse, die sie miteinander geteilt hatten, viel wichtiger. Aufgrund seiner verlorenen Erinnerungen wusste Dawn letzten Endes viel mehr über ihn als er über sie.

„Ich kann dir alles erzählen, was passiert ist. Du musst nur fragen."

Dawns dunkelgraue Augen bohrten sich in seine und warteten darauf, dass er ihr antwortete. Er wollte es wissen, aber erzählt zu bekommen, was passiert war, war nicht dasselbe, wie sich selbst daran zu erinnern. Schließlich schüttelte er den Kopf. „Entweder kommen die Erinnerungen zurück ... oder sie kommen eben nicht zurück. Ich hoffe, dass wir mehr als genug Zeit haben werden, um neue zu schaffen."

Sie lächelte, und das war wirklich die einzige Antwort, die er brauchte.

„Es wäre mir eine Ehre, deine Freunde kennenzulernen, wenn du glaubst, dass sie mit mir zurechtkommen werden", sagte sie mit einem schelmischen Grinsen. „Aber im Gegenzug möchte ich, dass du auch meinen Vampirzirkel kennenlernst. Und zwar auf formellere Weise, als in einer Zaubershow für ihn aufzutreten."

Der Gedanke an ein Rudel Vampire schüchterte Richter ein, aber es schien nur fair zu sein. Außerdem waren sie, wie seine Freunde, ihre Familie. Er *wollte* sie kennenlernen.

Er küsste Dawn auf die Stirn. „Für dich tue ich alles."

13

DAWN

Dawn zog die Bänder ihres schwarz-weißen Korsetts zurecht, setzte sich an ihren Schminktisch und beugte sich dicht vor den Spiegel, während sie ihr Make-up auftrug. Es war fast zehn Uhr abends, und jenseits ihrer Wände herrschte Hochbetrieb im *Coven's Call*. Von hier aus hielten schalldämpfende Zauber den Lärm in Schach, aber Dawn spielte dennoch die übliche Auswahl an elektronischer Musik über ihr Handy, weil die Rhythmen sie beruhigten.

Normalerweise mischte sie sich dort unter die Gäste, ihren Vampirzirkel oder beobachtete das Geschehen von der VIP-Lounge aus, aber heute Abend wollte sie sich mit Richters Freunden treffen. Dawn wurde nur bei sehr wenigen Dingen nervös, und das hier war eines davon. Die meisten Leute fanden Vampire nicht gerade charmant, und sie wusste, dass ihr gutes Aussehen bei einer Gruppe angesagter Milliardäre, die zu den besten und klügsten Köpfen der Welt gehörten, nicht viel ausrichten würde.

Sie hatte keine Ahnung, wie sie sich ihnen gegenüber verhalten sollte, und wusste auch nicht wirklich viel über sie, abgesehen von dem, was sie im Internet hatte finden können, und den Dingen, die Richter ihr vor einiger Zeit erzählt hatte. Es waren insgesamt fünf, inklusive ihrer Gefährtinnen, und das würde sie im Kopf behalten müssen.

Sie schaute ihrem Spiegelbild in die Augen. „Egal, was passiert, egal, was sie von dir denken, du wirst deinen Kopf aufrecht halten und du selbst sein. Weil ... weil ...“ Dawn biss sich auf die Lippe, sie kam sich ein wenig albern vor, diese Gedanken laut auszusprechen, aber sie musste es tun. „Weil du Richter liebst und du nur eine Chance hast, ihm zu zeigen, dass du die Richtige bist.“

Die Worte legten sich in die Luft um sie herum. Sie atmete schwer vor Aufregung, aber jedes einzelne davon war wahr. Sie liebte Richter. Sie hatte es in jener Nacht herausgefunden, in der sie sich entschuldigt und sie sich versöhnt hatten. Und nun hatte sie die Worte ausgesprochen, die ihre Gefühle beschrieben und die ihr kaltes Herz seither erfüllten.

Liebe.

Es war Liebe, und es war ein sich langsam bewegendes, flüssiges Etwas, das sich inmitten ihres Herzens niederließ und sie von innen erhitzte. Noch vor wenigen Tagen war sie so kalt und tot gewesen wie eine Leiche im Kühlraum eines Gerichtsmediziners, aber jetzt fühlte sich ihre Haut warm und lebendig an. Zum ersten Mal seit über einem Jahrhundert floss wieder Blut durch ihre Adern. Das Zusammensein mit Richter hatte sie nicht nur daran erinnert, wie es war, lebendig zu sein, es hatte sie tatsächlich wieder lebendig gemacht.

Zumindest fühlte es sich so an. Sie hatte immer noch den instinktiven Durst nach Blut, aber als sie kurz, nachdem Richter gegangen war, begriffen hatte, was mit ihr geschah, hatte sie das Sonnenlicht ihre Haut berühren lassen. Und anstatt verbrannt zu werden, hatte sie nur ein leichtes Unbehagen gespürt. Mit der Zeit, so glaubte sie, würde sie vielleicht in der Sonne gehen können, ohne zu sterben. Das war die Hoffnung, ein Traum, der mit dem einfachen Wunsch einherging, bei Richter sein zu können.

Bevor sie ihn kennengelernt hatte, hatte sie sich nichts sehnlicher gewünscht, als die Welt und alles, was sie zu bieten hatte, zu erkunden – mit einem Partner, der sie liebte und den sie im Gegenzug liebte. Jetzt erkannte sie, dass sie bereit war, alles aufzugeben, auch ihren Traum vom Abenteuer, nur um Richter an ihrer Seite zu haben. Aber nun schien es, dass es möglich war, beides zu haben.

Wie Richter eine so unglaubliche Wirkung auf sie haben konnte, überstieg ihre Vorstellungskraft, aber das waren Antworten, die sie gemeinsam würden finden können. Wenn sie diesen Test bestanden haben würde und seine Freunde sie akzeptierten, würden sie endlich ohne Sorgen zusammen sein können.

Er würde jeden Augenblick hier sein, und als sie den Klub verließ, um draußen zu warten, ließ sie das letzte Mal Revue passieren, als sie zusammen gewesen waren. Der phänomenale, atemberaubende Sex und die Verbindung, die sie teilten und die über körperliche Intimität hinausging. In ihrem langen Leben hatte sie gedacht, sie wüsste, wie sich Liebe anfühlt. Jetzt war sie sich nicht mehr so sicher, ob sie überhaupt eine Ahnung davon gehabt hatte, bis sie Richter begegnet war.

Hätte sie ihm sagen sollen, was sie in dieser Nacht gefühlt hatte, als sie miteinander geschlafen hatten? Oder am nächsten Morgen, am Nachmittag und am Abend, als sie stundenlang zusammen im Bett gelegen und die Gesellschaft des anderen genossen hatten, bis es für Dawn sicher gewesen war, nach Hause zu gehen?

In diesem Augenblick fuhr Richter in seinem glänzenden Jaguar vor. Der schwarze Lack schien im Dunkeln zu schimmern wie die geschmeidigen Muskeln einer Katze, als er zum Stehen kam. Zuerst bewunderte sie das Fahrzeug, aber als er ihr die Tür öffnete, hatte sie nur Augen für ihn. Als sie das breite Lächeln auf seinem Gesicht sah, hätte sie ihm fast alles gestanden, was sie in diesem Moment fühlte.

Aber sie hielt sich zurück. Denn als er sie küsste, vergaß sie, es ihm zu sagen, und ließ stattdessen alles in den Kuss einfließen, in der Hoffnung, dass er verstand, was sie meinte. Und selbst wenn er die Botschaft noch nicht ganz verstanden haben sollte, so wusste sie doch aus dem Ausdruck in seinen Augen und der Leidenschaft, die ihre Lippen einander mitgeteilt hatten, dass sie in Zukunft noch viele Gelegenheiten haben würde, es ihm zu sagen.

Die Nacht war ja noch jung.

„Ich freue mich auch, dich zu sehen", sagte Dawn und leckte sich die Lippen, als er sie endlich losließ.

Richter öffnete die Tür, und sie setzte sich auf den Beifahrersitz. Er beugte sich zu ihr und lächelte sie mit seinem typischen Grinsen an. „Ich konnte nicht anders. Du hast einfach nur dagestanden und geglotzt ..."

„Ich *glotze* nicht."

„Du hättest dich sehen sollen. War es das Auto, oder hast du dich einfach gefreut, mich zu sehen?"

Dawn betrachtete das glatte Leder und das schlichte Interieur des Wagens. „Glänzende Dinge beeindrucken mich nicht." Sie sah Richter wieder an und überlegte. „Bis auf dein Lächeln."

„Das kann ich gut verstehen", sagte er, und sein Grinsen wurde breiter.

Dawn war skeptisch, als Richter in die Tiefgarage der InnoCell-Zentrale fuhr, und noch skeptischer, als sie den gläsernen Aufzug betraten und durch das riesige Gebäude nach oben fuhren. Er drückte den Knopf für das Dach und gab ein Passwort ein, mit dem sie über hundert Stockwerke überbrücken konnten. Glücklicherweise bewegten sie sich in schnellem Tempo durch die Etagen.

„Das ist dein Arbeitsplatz", konstatierte Dawn. Die Büros und die Konferenzräume waren durch die eine oder andere transparente Scheibe zu sehen, aber zu dieser späten Stunde war alles menschenleer. „Warum hast du mich hierhergebracht?"

„Ja, ich arbeite hier, aber ein paar der anderen wohnen aus Bequemlichkeit hier", antwortete Richter. „Und wegen des Luxus. Wir nutzen die Dachterrasse für private Partys."

„Dann ist es ja gut, dass ich keine Höhenangst habe."

Richter lachte. „Du hast recht. Da ich ein Drache bin, habe ich nie daran gedacht, dass die Höhe ein Problem sein könnte. Wenn ich einen Ausflug mache, fliege ich viel höher als das hier."

„Wirst du mich eines Tages mitnehmen?"

„Ja, natürlich. Bald, hoffe ich."

Die Aufzugglocke klingelte. Dawn ergriff Richters Hand. Seine Haut war warm und beruhigend, und mit ihm an ihrer Seite hatte sie keine Angst mehr, das Treffen zu vermasseln. Sicher würden seine Freunde erkennen, wie gut sie zusammenpassten. Die Türen öffneten sich, und sie traten auf die Dachterrasse. Begrünte Flächen säumten die Wege darüber, und als sie durch das Labyrinth hindurchgegangen waren und Dawn den Himmel sehen konnte, wurde ihr bewusst, wie riesig diese Dachterrasse war.

Sie war so groß wie mehrere Häuser: Allein in dem Bereich, den sie und Richter überblickten, gab es einen Pool und eine Wasserrutsche mit einer großen Veranda, auf der sich eine Bar und ein Grill mit Bedienung befanden. Der gesamte *Coven's Call* würde hier Platz finden, und ihr Klub war auch nicht gerade klein. Beeindruckend.

Zwei Frauen waren im Pool und unterhielten sich in der Nähe des Randes, und zwei Männer tranken an der Bar. Richter deutete zuerst auf die Frauen im Pool, da sie näher an ihnen waren. Eine hatte hellblonde Haare und goldene Augen, die zweite hatte dunkleres Haar und einen ernsten Gesichtsausdruck. Sie sahen so unterschiedlich aus – Dawn konnte mit einem Blick erkennen, dass die erste kein Mensch war, die zweite aber schon – und doch kamen sie gut miteinander aus. Allein dieser Anblick, noch bevor sie sie überhaupt kennengelernt hatte, gab Dawn das Gefühl, dass sie hier doch eine Chance hatte.

„Dawn, das sind Laurel und Riah", sagte Richter. „Laurel und Riah, das ist Dawn."

„Ooh, hi!", rief Laurel. Sie war die Blondine. „Richter sagte, er würde jemanden mitbringen, aber er wollte uns nichts sagen! Es ist so schön, dich kennenzulernen."

Riah war etwas zurückhaltender, aber sie sah Dawn von oben bis unten an und lächelte schließlich anerkennend. „Du bist also diejenige, die Richters Herz erobert hat", sagte sie. „Du bist wirklich etwas Besonderes."

Normalerweise konnte Dawn nicht erröten, aber sie hätte schwören können, dass sich ihre Wangen bei diesen Worten ein wenig erhitzten.

Richter zog sie näher an sich heran. „Du sagst das, als

wärst du überrascht, dass ich einen guten Geschmack habe."

Riah zog eine Augenbraue hoch. „Es ist vielleicht besser, wenn ich darauf nicht reagiere." Sie deutete mit dem Kinn in Richtung der Bar. „Geh schon, Liam hat auf dich gewartet."

Also gesellten sich Dawn und Richter zu den beiden Männern an der Bar. Beide waren recht attraktiv, wenn auch nicht so sehr wie Richter, und sie erkannte beide von den Fotos aus dem Internet, als sie über InnoCell recherchiert hatte. Der Mann mit den langen, silbernen Haaren und den kalten Augen war Michael, und der mit dem hellbraunen Haar und dem neugierigen Blick musste Liam sein.

Der Liam, der nach dem, was Richter ihr bereits erzählt hatte, sein bester Freund war.

„Da bist du ja", sagte Liam zu Richter. „Ich habe mir schon Sorgen gemacht, dass du dich verlaufen hast."

„Hat er sich schon einmal auf dem Weg ins Büro verlaufen?"

„Viele Male", gab Richter zu. „Obwohl mehr als ein paar davon absichtlich waren. Aber heute Abend ist etwas Besonderes. Und wenn *wir* schon zu spät sind, was ist dann mit Danny und den anderen?"

„Sie sind hier irgendwo. Sie haben sich etwas zu trinken geholt und sind vor einer Weile in den Spielbereich gegangen."

„Bestell dir einen oder zwei Drinks", schlug Michael vor. „Sie werden bald zu uns stoßen, oder du kannst sie suchen gehen, sobald du uns etwas Zeit gegeben hast, Dawn richtig kennenzulernen."

Michael begegnete Dawns Blick, und sie zuckte zusammen. Von dem, was sie über Richters Freunde wusste, war Michael der einzige, hinter dem ein großes Fragezeichen stand. Seine offizielle Berufsbezeichnung war Leiter der Akquisitionsabteilung bei InnoCell, aber in einer Welt, in der es Magie gab, und in einem Unternehmen, das von Drachen-Gestaltwandlern geleitet wurde, war das so vage wie nur irgend möglich. Sie stellte sich vor, dass sein wirklicher Job viel komplizierter war als das.

„Ich nehme einen doppelten Whiskey", sagte Dawn. „On the rocks."

Liam nickte zustimmend. „Du kommst sofort zur Sache. Das gefällt mir."

Aus den Augenwinkeln sah sie, wie Richter strahlte. Dawn wusste, dass Liams Meinung für Richter am wichtigsten war.

„Ich nehme das Gleiche", sagte dieser, und er und Dawn setzten sich zu Michael und Liam an die Bar. Auf der anderen Seite schenkte der Barkeeper ihre Drinks ein.

Michael sah sie an und sagte nach einer Weile: „Du bist kein Mensch."

Dawns Herz setzte einen Schlag aus. Oder zwei. Beinahe hätte sie eine Hand auf ihre Brust gelegt, um zu fühlen, ob es tatsächlich noch schlug, aber dann riss sie sich zusammen. „Nein, bin ich nicht", erwiderte sie.

„Was bist du dann?"

Richter sah seinen Freund finster an. „Ist das wirklich nötig?"

„Nein, ist schon gut", sagte Dawn und legte eine Hand auf Richters. Sie wandte sich wieder Michael zu. Er wirkte nicht misstrauisch, nur neugierig. „Ich bin ein Vampir."

„Das erklärt das nächtliche Beisammensein", sagte Liam. „Nicht, dass wir was dagegen hätten, aber wir machen hier nicht mehr so viele Partys."

Dawn warf einen Blick auf den Pool, wo sich eine weitere Frau zu Laurel und Riah gesellt hatte. Soweit Dawn wusste, arbeitete jeder hier entweder für InnoCell oder war die Gefährtin von jemandem, der das tat. Und doch war diese Dachterrasse so eingerichtet, dass mehrere Hundert Menschen darauf Platz fänden. Sie stellte sich vor, dass dieser Ort, bevor sie alle ihre Partnerinnen gefunden hatten, bis zum Rand mit heißen Frauen und Entertainment gefüllt gewesen sein musste.

So war es ihr aber lieber: größtenteils leer, besetzt von den wenigen Leuten, die Richter und vermutlich auch allen anderen Anwesenden etwas bedeuteten. Es fühlte sich intimer an, und Dawn war froh, zum ersten Mal unter diesen Umständen hierherzukommen.

„Also, Richter hat uns erzählt, dass er bei ein paar Zaubershows aufgetreten ist", sagte Liam. „Ich vermute, dass ihr euch dort kennengelernt habt?"

Die Getränke kamen, und Dawn genoss die kühle, würzige Flüssigkeit in ihrem Mund, bevor sie antwortete. „Das haben wir. Beim Vorsprechen hat er mir den Atem geraubt", antwortete sie und sah Richter an. „Und von da an ging es Schlag auf Schlag."

Richter grinste. „Ich bin mir ziemlich sicher, dass es einen Moment gab, in dem wir vergessen hatten, dass die Welt existiert, und wir uns einfach nur angestarrt haben. Gaffen wäre vielleicht ein passenderer Ausdruck."

„Ich sagte doch, ich gaffe nicht."

„Das redest du dir nur ein." Er küsste sie auf die Wange. „Was Dawn noch nicht zugegeben hat, ist, dass sie keine Darstellerin für die Show war, sondern diejenige, die sie organisiert hat. Sie hat das Ganze großartig aufgebaut. Alle waren begeistert. Sie bekommt ständig Anfragen für eine weitere Show."

„Alle waren begeistert von *dir*", sagte Dawn, obwohl sie

einen Anflug von Stolz verspürte, als sie hörte, wie glücklich er über die ganze Angelegenheit war.

„Laurel hat den letzten Auftritt gesehen", sagte Michael. „Sie war sehr begeistert davon. Als sie nach Hause kam, konnte sie nicht aufhören, über die Feuermagie und die Statue zu reden, die du gemacht hast."

„Ich wusste nicht, dass sie es so lange ausgehalten hat", sagte Richter.

„Ja, das ist eine Überraschung, da du den Anschein erweckt hast, du würdest nicht auftauchen!", sagte Dawn.

Liam lachte. „Zu spät zu deiner eigenen Show? Richter, Richter ... dein Ego kennt keine Grenzen."

Alle lachten, und Dawn und Richter erzählten ausführlicher von der Zaubershow sowie ihre Pläne für die Zukunft, und Liam und Michael schienen nicht wenig überrascht und beeindruckt, dass Richter so viel Gefallen an den Aufführungen gefunden hatte.

„Das erklärt auch, warum du dich in letzter Zeit so sehr auf deine Statuen konzentriert hast", sagte Liam. „Sie werden einfach immer besser."

„Du könntest wahrscheinlich eine ganze Show nur aus deiner Magie machen, weißt du?", sinnierte Michael.

„Oh, daran habe ich kein Interesse!", rief Richter. „Das würde Dawn die Show stehlen! Nächstes Mal musst du kommen und sehen, was ich meine. Ich bin nur ein Teil von vielen."

„Nun, ich glaube, es würde allen gefallen." Dawn drückte seine Hand. „Aber du musst beim nächsten Mal pünktlich kommen."

Richter grinste. „Glaub mir, ich werde beim nächsten Mal nicht zu spät kommen. Oder irgendwann danach."

Dem Funkeln in seinen Augen konnte Dawn entnehmen, dass er damit meinte, dass sie von nun an viel Zeit miteinander verbringen würden. Oder zumindest sehr viel Zeit bei ihr im Klub. Sie nahm das als ein weiteres Zeichen dafür, dass die Dinge bisher wirklich gut liefen, und den restlichen Abend über unterhielt sich Dawn mit Liam und Michael und gelegentlich mit Laurel und Riah, wenn sie zur Bar kamen, um sich etwas zu trinken zu holen.

Der Abend verging wie im Flug, und sie lernte alle kennen, die zu der Party gekommen waren, und erfuhr mehr darüber, welchen Platz sie in Richters Leben einnahmen. All seine Freunde, die im Grunde genommen seine Familie waren. Und sie hoffte, dass sie auch zu der ihren werden würden.

14

RICHTER

Ein paar Tage später ging Richter nach der Arbeit zu Dannys Suite in den oberen Etagen des Inno-Cell-Gebäudes für eine weitere Party, die allerdings viel kleiner war als die letzte – eher eine kleine Feier unter Freunden. Seine Suite hatte hohe Decken mit Kristallkronleuchtern, Marmorböden und Ledermöbeln, und überall waren Drachenleuchten angebracht: an den Wänden, auf den Tischen und in Glasvitrinen.

Das brachte Richter zum Lächeln, denn vor nicht allzu langer Zeit hatte Dawn vermutet, dass er ein Drachen-Gestaltwandler war, weil er selbst so viele Drachenmotive hatte. Sie hatte gesagt, dass niemand so besessen von diesen wäre wie Drachen selbst, und Danny war ein weiteres Beispiel dafür, wie recht sie hatte. Obwohl man sich sichtlich Mühe gegeben hatte, die Wohnung ordentlich zu halten, gab es überall Hinweise auf Dannys und Marissas Kind, wenn man aufmerksam genug war, danach zu suchen.

„Lasst den Champagner nicht auf den Teppich laufen, bitte!", rief Danny über seine Schulter, als Evan und Troy mit der Flasche kämpften.

Richter zuckte zusammen, als sich die Flasche nur einen Augenblick später öffnete und der Schaum über Dannys nagelneuen Teppich im Essbereich spritzte.

„Das ist das letzte Mal, dass wir bei mir feiern", sagte Danny und schaute verärgert auf den Teppich. „Das ist schon das zweite Mal, dass ihnen das passiert ist. Neulich, als wir alle auf dem Dach waren, war es viel schöner, oder?"

„Es war wirklich schön", stimmte Richter ihm zu. „Ich habe mich auch gefragt, warum wir nicht mehr so oft dort oben sind. Wir brauchen nicht mehr den ganzen Platz mit Leuten zu füllen, um Spaß zu haben."

„Ich hoffe, wir machen das bald wieder."

Mit der geöffneten Flasche begannen sie nun zu feiern. Vor nicht allzu langer Zeit hatten sie die Entdeckung weiterer Drachen-Gestaltwandler gefeiert. Edward und Dale waren zwar nicht mehr da, aber Richter hoffte, dass sie bald zurückkommen würden. Heute jedoch feierten sie den Abschluss der nächsten Phase des Plans von InnoCell, der Welt zu helfen.

Evan hob sein Glas und stieß an, und alle taten es ihm nach. „Wir alle sind viel größere Partys gewöhnt, wenn es um solche Meilensteine geht", sagte Evan, „aber ab und zu ist es doch gemütlicher, das Ganze kleiner zu halten, meint ihr nicht auch? Jedenfalls haben wir es als Unternehmen und als Freunde in den letzten fünf Jahren gemeinsam so weit gebracht. Wir haben nicht nur drei weltverändernde Produkte auf den Markt gebracht, auch unsere lokalen Initiativen zur Verbesserung der Gesundheit und der Umwelt waren äußerst erfolgreich."

Evan war nicht nur für die Herstellung der Technologie und der magischen Artefakte von Troy und seiner Abteilung verantwortlich, sondern er hegte auch eine große Leidenschaft für die Umwelt und Nachhaltigkeit. Seit

Jahren arbeitete er an einem Plan, um der Umwelt mit den Mitteln zu helfen, die ihr Unternehmen zu bieten hatte.

„Jetzt", fuhr Evan fort, „ist es an der Zeit, dass wir unsere Methoden in ganz Amerika und dann auch im Rest der Welt einführen. In nur ein paar Jahren wird sich der Lauf der Menschheitsgeschichte ändern, und das verdanken wir vor allem euch. Und jetzt wünsche ich euch eine verdammt gute Nacht, und trinkt euch einen hinter die Binde!"

Jubel brandete auf, und alle tranken ihren Champagner in einem Zug aus. Noch nie hatte ein Getränk so gut geschmeckt.

„Apropos neulich Abend", sagte Danny und wandte sich wieder an Richter, „wie geht es Dawn? Ich habe befürchtet, dass wir alle ein bisschen zu viel getrunken und sie verscheucht haben."

„Oh, überhaupt nicht", antwortete Richter und lachte. „Obwohl auch ich das befürchtet hatte. Du und Evan, ihr werdet ein bisschen rüpelhaft, wenn ihr loslegt. Aber es geht ihr gut, sie plant bereits unsere nächste Zaubershow. Wir werden eine kleinere Veranstaltung machen und alle von InnoCell einladen."

„Sag uns einfach, wann sie stattfinden wird, und wir werden da sein."

„Freut mich, das zu hören." Es dauerte einen Augenblick, bis Richter endlich die Frage stellte, die ihm seit ihrem nächtlichen Zusammentreffen im Kopf herumgespukt war: „Also ... was haltet ihr von Dawn?"

Danny hob eine Augenbraue und öffnete den Mund, um etwas zu erwidern, aber Evan kam ihm zuvor und sagte: „Du weißt, dass du unsere Zustimmung nicht brauchst, oder? Es ist nicht so, dass wir deine Eltern sind. Du bist ein erwachsener Mann. Mach, was du willst."

„Du sagst das so, als ob du sie nicht mögen würdest", sagte Danny.

„So habe ich es nicht gemeint. Ich finde sogar, dass Dawn die beeindruckendste Frau ist, die du je hierhergebracht hast. Sie hat einen positiven Einfluss auf dich, keine Frage. Das hat bislang noch keiner geschafft."

Richter und Danny lachten. „Stimmt, das hat sie, nicht wahr?", stimmte ihm Danny zu. „Evan hat allerdings recht. Sie ist toll, aber selbst wenn wir sie nicht mögen würden, brauchst du unsere Zustimmung nicht."

„Ich weiß, aber es ist einfach ..." Richter hielt inne und seufzte. „Früher habe ich mich oft geirrt. Ich habe eure Warnungen und Ratschläge ignoriert. Ich will nicht noch einmal den gleichen Fehler machen." Er holte tief Luft und fuhr dann fort. „Ich habe ein gutes Gefühl bei Dawn, wirklich, aber ich will sichergehen, dass ich nicht wieder den Kopf verliere."

Richter sagte jedoch nichts darüber, dass Dawn seine Gefährtin sein könnte. Das hatte er schon einmal über andere Frauen gesagt und sich diesbezüglich schrecklich geirrt. Aber Dawn war anders. Trotz der Steine, die ihnen Cyrus' Sabotageversuch in den Weg gelegt hatte, waren Richter und Dawn in jeder Hinsicht perfekt füreinander. Er begann wirklich zu glauben, dass sie die Richtige war.

„Du bist nicht verrückt", sagte Evan. „Ihr zwei seid füreinander geschaffen. Scheint, als hättest du endlich gefunden, wonach du gesucht hast, was?"

Richters Lippen verzogen sich zu einem zufriedenen Lächeln. „Ja. Ja, ich glaube, das habe ich."

Und er war noch nie so verdammt glücklich darüber gewesen, dass seine Freunde ausnahmsweise nicht der Meinung waren, er würde sich in einer Frau täuschen. Nein, sie schienen zu glauben, dass sie genau die Richtige für ihn war ... und jetzt, fand Richter, war es endlich an der Zeit, Dawn die ganze Wahrheit zu sagen.

AM NÄCHSTEN MORGEN – der genau genommen Dawns Zeit der Nachtruhe war, obwohl sie viel weniger schlief als Menschen – ging Richter unangemeldet zum *Coven's Call*. Cyrus schien überrascht zu sein, als er die Seitentür des Klubs öffnete und Richter vorfand, aber der junge Vampir war höflich genug und ging sogar so weit, sich für den Vorfall zu entschuldigen.

Richter nahm die Entschuldigung dankend an; sie schien aufrichtig zu sein, und da er und Dawn sich nahestanden, sah Richter keinen Grund, sich weiterhin darüber zu ärgern.

Dawn war ebenso überrascht, Richter an ihrer Tür vorzufinden, und im Vergleich zu Cyrus auch viel glücklicher darüber.

Sie schlang die Arme um ihn. „Oh, Richter!", rief sie. „Ich habe nicht damit gerechnet, dich vor Samstag zu sehen."

„Ich weiß, aber ich konnte nicht so lange warten und musste dich bereits jetzt sehen. Hör mal ...", hob er an, und sie ließ ihn los und sie standen einander gegenüber. Doch als er ihr in die Augen sah, verließ ihn der Mut, und alles, was er ihr hatte sagen wollen, war plötzlich weg. Stattdessen küsste er sie, und das Gefühl ihrer Lippen und ihrer Zunge auf den seinen ließ alles wieder aufleben, was er vergessen hatte.

Als sie sich voneinander lösten, atmeten sie schwer, aber er hob dennoch wieder zu sprechen an. „Dawn, das wird sich verrückt anhören", sagte er, „aber ich liebe dich. Seit wir uns begegnet sind ... habe ich zum ersten Mal das Gefühl, dass es etwas Klarheit in meinem Leben gibt. Etwas Gutes. Und all das nur, seit wir zusammen sind. Wir hatten unsere Höhen und Tiefen, aber seit du meine Freunde kennengelernt hast und ich gesehen habe, wie sehr sie dich mögen und wie sehr du sie magst ... fühlt sich alles so an, als wäre es für mich bestimmt."

Dawn strich über Richters Kinn, während er sprach, und als er geendet hatte, lächelte sie. „Ich weiß, denn ich liebe dich auch."

„Wirklich?", rief er, und nachdem er das gesagt hatte, hatte er das Gefühl, als würde sein Herz einen Aussetzer machen. Seine Finger gruben sich fester in ihre Schultern.

Sie löste sie und führte seine Hand zu ihrer Brust. Zuerst war er verwirrt, aber dann spürte er es: einen Herzschlag.

„Vampire haben doch eigentlich keinen ...", hob er völlig verwirrt an, aber dann ergab alles einen Sinn.

„Seit wir uns kennen, hat sich mein Körper verändert. Und seit die Dinge zwischen uns gut laufen, geht es noch schneller. Ich bin immer noch ein Vampir, aber mein Herz schlägt wieder. Meine Haut speichert Wärme. Das Sonnenlicht verbrennt mich nicht. Und das alles nur deinetwegen. "

Richter küsste jeden einzelnen von Dawns Fingern und presste dann sein Ohr an ihre Brust. Dort hörte er das stetige, wenn auch langsame Pochen eines schlagenden Herzens. Wenn er zuvor noch Zweifel daran gehabt haben sollte, was Dawn für ihn war, so waren sie in diesem Moment ausgeräumt. Jetzt war endlich alles kristallklar.

„Dawn, du bist meine Gefährtin", sagte er. „Wirst du für immer bei mir bleiben?"

Ihre Nasen berührten sich, und obwohl er ihr Lächeln nicht sehen konnte, konnte er es spüren. „Du hättest wirklich nicht fragen müssen", sagte sie, und sie küssten sich erneut, diesmal mit der Leidenschaft und Liebe, die nur zwei Gefährten füreinander aufbringen können.

15

DAWN

Dawn hatte überlegt, den ganzen Vampirzirkel zu versammeln, damit alle Richter kennenlernen konnten. Schließlich entschied sie sich jedoch, das Treffen auf sie, Richter, Cyrus, Bianca und Ruth zu beschränken. Da Richter ja nirgendwo hingehen würde, bestand keine Eile, ihn sofort allen vorzustellen. Sie hatten buchstäblich alle Zeit der Welt, und nichts machte Dawn glücklicher, als zu wissen, dass sie all diese Zeit mit der Liebe ihres Lebens verbringen würde.

Sie kam mit einem Tablett mit Getränken zu dem Tisch zurück, an dem alle saßen, und hörte gerade noch rechtzeitig, wie Richter Cyrus fragte: „Wie lange bist du schon ein Vampir?".

„Richter, sei nicht unhöflich", sagte Dawn, als sie die Getränke abstellte.

„Ach, Herrin, seid doch nicht so", sagte Ruth und steckte sich eine Strähne ihrer goldenen Haare hinter die Ohren. „Wir haben uns alle seit Jahren dasselbe bezüglich Cyrus gefragt."

Dawn warf Cyrus einen Blick zu, der ihm bedeuten sollte, dass er nicht antworten müsste, wenn er nicht wollte, aber er zuckte nur mit den Schultern.

„Es macht mir nichts aus und es gibt keinen Grund, es euch nicht zu sagen", erwiderte er. „Ich hatte ursprünglich geplant, das für mich zu behalten. Aber um einer neuen Freundschaft willen werde ich mein Schweigen brechen."

Es erwärmte Dawns Herz zu sehen, wie schnell Richter und Cyrus ihre anfängliche Feindseligkeit überwunden hatten. Obwohl sie vermutete, dass Cyrus Richter weniger mochte, als er zugab – wahrscheinlich wollte er nur ein Auge auf ihren neuen Partner haben, damit er keine Probleme verursachte –, hoffte sie, dass sie mit etwas mehr Zeit echte Freunde werden würden.

„Ich wurde 1952 verwandelt", sagte Cyrus. „Ich habe damals eine Reise nach Paris gemacht, und es lief nicht ganz so wie geplant. Wer hätte gedacht, dass es Vampire wirklich gibt? Ich nicht, zumindest nicht, bis ich gestorben und wieder erwacht bin."

„Du bist alt, Cyrus", kicherte Ruth. „Das gefällt mir."

„Wenn er alt ist, dann ist Dawn eine Großmutter und wir sind Babys."

„Ihr seid viel zu verrucht, um als Babys durchzugehen", sagte Cyrus.

„Und viel zu heiß", fügte Bianca hinzu. „Genauso wie Dawn zu heiß ist, um eine Oma zu sein."

„Ich glaube nicht, dass es irgendetwas gibt, das besagt, dass Omas nicht heiß sein können, oder?", warf Dawn ein. „Obwohl ich nicht dafür plädiere, Oma genannt zu werden. ‚Herrin' wird weiterhin gut funktionieren."

Alle lachten und tranken von ihren Getränken. „Ruth und ich, wir sind erst seit fünf Jahren Vampire", sagte

Bianca zu Richter. „Wir wurden zur gleichen Zeit verwandelt, deshalb sind wir jetzt so enge Freundinnen."

„Es geschah, kurz bevor Rose verschwunden ist und Dawn die neue Oberin wurde", sagte Bianca.

Daraufhin runzelte Richter die Stirn. „Rose?"

„Du hast ihm nicht von Rose erzählt?", fragte Cyrus.

„Es war nur noch nicht zur Sprache gekommen", antwortete Dawn und zuckte mit den Schultern. „Sie ist die ehemalige Oberin der Dunklen Rose. Bevor sie verschwand, hat sie mich zu ihrer Nachfolgerin gemacht. Deshalb bin ich jetzt die Herrin über all diese Narren."

„Heiße Narren", korrigierte Bianca.

„Ja, heiße Narren." Dawn grinste, denn ihrer Meinung nach war das der Beweis für diese Bezeichnung.

Sie verbrachten den restlichen Abend mit Trinken und Lachen, spielten Spiele und lernten Richter besser kennen. Er erzählte ihnen mehr darüber, wie er nach Blackfall gekommen war, und über seine Arbeit bei InnoCell, was zu weiteren Fragen führte.

„Deine Magie funktioniert also wie genau?", fragte Ruth und beugte sich mit unverhohlener Neugierde vor. Sie hatte selbst nie Magie besessen, aber sie hatte sich immer dafür interessiert, Dawn wusste das, denn als sie sich das erste Mal begegnet waren, hatte sie Dawn mit einer ganzen Reihe von Fragen über ihre Kräfte bombardiert.

„Es ist schwer zu erklären", erwiderte Richter. Er schwenkte seinen Drink, während er nachdachte. „Es ist, als ob ich die Energie spüren kann, die in Metall gefangen ist, und wenn ich mich konzentriere, kann ich diese Energie manipulieren und sie tun lassen, was ich will. Schmelzen, fliegen, umgestalten. Wie das funktioniert, beruht meist nur auf Instinkt. Ich könnte den genauen Vorgang nicht erklären, selbst wenn ich es müsste."

„Hast du nicht gesagt, du könntest das Gleiche mit Stein machen?", fragte Dawn.

„Es ist schwieriger, aber ja. Ich kann die Mineralien, die zurückbleiben, aufspüren und sie auf ähnliche Weise nutzen, um den Stein in Metall zu verwandeln", erklärte Richter. „Auf diese Weise hat InnoCell anfangs einen Großteil seines Reichtums erwirtschaftet: durch die Umwandlung von nutzlosem Gestein in Gold, Silber und andere wertvollere Ressourcen. Wie Danny zu sagen pflegt, haben Alchemisten Tausende von Jahren damit verbracht herauszufinden, wie genau man das bewerkstelligt, was ich von Natur aus kann. Da kann ich nur sagen: blöd gelaufen."

„Zeig es uns!", rief Bianca. Sie war ein wenig betrunken und verschüttete ihren Drink, während sie in die Hände klatschte. „Zeig's uns!", rief sie noch einmal, und ignorierte die Tatsache, dass sie gerade ihren Rum über den Tisch verschüttet hatte.

„Ich brauche zuerst ein paar Steine."

Im Klub gab es natürlich keine Steine und auch keinen Grund, warum es im Rest des Hauses der Dunklen Rose welche geben sollte, also gingen Richter, Dawn und die drei betrunkenen Vampire mitten in der Nacht nach draußen, um etwas zu suchen, mit dem Richter seine Magie demonstrieren konnte. Es war eine seltsame Art, ihre Zeit zu verbringen, aber genau das machte Dawn so glücklich.

Ihr gemeinsames Interesse an Magie verband sie. Und indem sie sich von Richter etwas zeigen ließen, was sie noch nie gesehen hatten, würden sie gemeinsam Erinnerungen schaffen. Das war genau das, was Dawn sich wünschte: Diese vier Leute, die jetzt lachten und miteinander spielten, waren für sie das Wichtigste auf der Welt, und es bedeutete ihr sehr viel, dass sie sich so gut verstanden.

Im nahe gelegenen Park fanden sie einen Kreis aus

großen Steinen, der eine Gruppe großer Eukalyptusbäume umschloss. Richter setzte sich ins Gras vor den Baum, und alle anderen stolperten neben ihn.

„Die werden reichen", sagte er. „Ich brauche nur eine Minute."

Er konzentrierte sich auf die Steine, und lange Zeit schien es, als würde nichts passieren. Dawns Aufmerksamkeit wanderte nach ein paar Minuten zu den anderen, um zu sehen, ob sie das Interesse verloren hatten, aber sie waren alle fasziniert und warteten geduldig. Und einen Augenblick später geschah es dann: Die Außenseite des Felsens färbte sich orange-braun, wie Kupfer. Der Felsen begann seine Form zu verlieren und sammelte sich wie eine Flüssigkeit im Gras, bis Richter schließlich das gesamte Metall zu einem festen Stück zusammenfügte: ein Einhorn, so groß wie der Stein, der vorher dort gelegen hatte.

„Wow", sagte Ruth, als er fertig war. „Du hast es wirklich geschafft."

„Ich habe es euch doch gesagt", erwiderte Richter und klang dabei mehr als nur ein wenig selbstgefällig.

„Wir sollten jetzt wieder reingehen", sagte Dawn. Sie stand auf, und die anderen folgten ihr.

„Spielverderberin", maulte Bianca. „Glucke."

„Wenn ich eine Glucke bin, warum habe ich dann das Gefühl, dass ich Flöhe hüten muss?"

Ruth kicherte, und sie, Bianca und Cyrus machten sich auf den Rückweg. Dawn ergriff Richters Hand, bevor er sie einholen konnte, und die beiden verweilten noch eine Weile im Park. Richter streichelte ihr Gesicht, und seine Berührung entfachte ein Feuerwerk auf ihrer Haut. Er wollte seine Hände überall auf ihrem Körper haben, auf ihrer nackten Haut ... aber jetzt lehnte sie nur ihren Kopf an seine Brust.

„Danke", murmelte sie.

„Wofür?"

„Dafür, dass du da bist. Dass du dir die Zeit genommen hast, sie kennenzulernen. Dass du uns deine Magie zeigst."

„Danke mir noch nicht." Richter führte sein Gesicht zu ihrem Ohr, und sein heißer Atem ließ sie am ganzen Körper erzittern. „Ich werde meinen Lohn einfordern, wenn er fällig ist ... wenn wir allein sind."

Dawn presste die Lippen auf seine, und bei seiner Berührung schoss Feuer durch sie hindurch. Sie stöhnte in seinen Mund, als er sie an sich zog, und die Berührung ihrer Zungen verkündete ein Versprechen, das später eingelöst werden sollte.

„Ich verlasse mich darauf", sagte sie und strich mit der Hand über die von seiner Jeans verpackte Erektion, bevor sie sich zu den anderen gesellten.

SIE SCHAFFTEN es bis zum Esszimmertisch, bevor sie sich die Kleider vom Leib gerissen hatten, und zu diesem Zeitpunkt hatten weder Dawn noch Richter einen Grund, nach dem Bett zu suchen. Richters Hände strichen über ihre Hüften, ihren Bauch, ihre Schenkel und setzten sie in Brand, wo immer sie sie berührten. Wie sehr hatte sie sich die ganze Nacht hindurch nach seiner Berührung gesehnt. Sie hielt es nicht lange ohne ihn aus, ohne verrückt zu werden.

„Ich habe dich die ganze Nacht in deinem engen Kleid beobachtet", brachte Richter zwischen seinen heißen

Küssen hervor. „Ich hatte dich im Park nehmen wollen, wenn wir allein gewesen wären ..."

Dawn biss auf seine Lippe, und es floss Blut. Es war ein Versehen gewesen, ein Reflex, der von ihrer unstillbaren Lust auf ihn ausgelöst worden war. Doch statt des üblichen kupfernen Geschmacks schmeckte Richters Blut wie der süßeste Nektar. Sie küsste ihn, begierig nach seinem reinen Geschmack.

„Du hättest es tun sollen", sagte sie. „Oh, verdammt, du hättest es tun sollen. Ich habe nicht so lange warten wollen."

Bianca und Ruth waren Plaudertaschen. Sie hätten ewig weitermachen können, vor allem, da sie ein paar Drinks intus gehabt hatten. Nach ein paar weiteren Stunden hatten sich Dawn und Richter verabschiedet. Sonst wären sie noch wer weiß wie lange da draußen festgehalten worden. Und Dawn hätte bestimmt keine Minute länger warten können, Richters raue Hände auf ihren empfindsamen Körperstellen zu spüren.

Richter knurrte, und seine Hände wanderten weiter ihre Schenkel hinauf. Er drückte einen Finger auf ihre feuchten Schamlippen. Sie erschauderte bei seiner Berührung und erwartete, dass er noch weiter gehen würde, aber er hielt seinen Finger dort und streichelte sie sanft. Zu seiner Genugtuung musste sie sich gegen ihn stemmen, damit er sie rieb, eine ruckartige Bewegung ihrer Hüften, die Wellen der Lust durch ihre Klitoris und tief in ihr Inneres jagte.

Sie ließ ihre Hände über seinen wohlgeformten Körper wandern, bewunderte seine perfekten Muskeln, die alles versengende Hitze seiner Haut auf ihrer. Sie könnte ihn ewig berühren und es würde ihr nie langweilig werden. Sie *würde* ihn ewig berühren. War es das, die Gefährtin eines Gestaltwandlers zu sein? Sich immer gewollt, nein, *gebraucht* zu fühlen, in Körper, Geist und Seele? Richters

Berührungen waren in den letzten Tagen begieriger geworden, seit er ihr gesagt hatte, was sie für ihn war.

Es war, als hätten sich ihre Körper aufeinander eingestellt, und nun würde es unmöglich sein, sie zu trennen.
Dawn wollte es auch gar nicht anders. Sie wollte immer mit
ihm zusammen sein.

Sein Mund fand den ihren wieder, aber es war nur ein
harter, atemloser Kuss, bevor er ihr Kinn zur Seite schob
und ihren Hals und ihre Brust küsste und saugte, bis seine
Lippen eine ihrer Brüste erreichten und ihre Brustwarzen
beanspruchten. Er saugte abwechselnd an ihnen, und Dawn
stöhnte und zitterte als Reaktion darauf und lehnte sich mit
dem Rücken gegen den Glastisch. Sie schloss die Augen, um
Richters Liebkosungen in vollen Zügen zu genießen.

In diesem Moment begann Richters andere Hand sich
wieder zu bewegen, und er rieb die empfindlichen Stellen
zwischen ihren Beinen, erforschte jeden Zentimeter, bevor
er mit gleichmäßigen, rhythmischen Kreisen ihre Klitoris
bearbeitete. Dawn keuchte bei der Berührung, und ihre
Finger fuhren durch Richters Haare. Er drückte sie gegen
den Tisch, und sie konnte nicht viel mehr tun, als ihn mit
ihr machen zu lassen, was er wollte.

Und das tat er auch. Durch ihre Unfähigkeit, sich zu
bewegen, schien Richter noch erregter zu werden, und ihr
gemeinsames Bedürfnis verdichtete sich zu unbändiger
Lust. Es war kein Schweiß, der sich auf ihrer Haut
sammelte, sondern der Beweis ihres rohen Verlangens
nacheinander. Dawn brauchte ihn in sich. Sie musste
wissen, wie er sich anfühlte, ob ihr Liebesspiel anders sein
würde, besser, jetzt, da sie wussten, dass sie zusammenge-
hörten. Dass sie füreinander bestimmt waren und sich
gegenseitig beansprucht hatten.

Dawn brauchte nicht lange zu warten, um das herauszufinden. Obwohl Richter sie mit den Fingern streichelte und ihre Innenwände liebkoste, um Dawns Lippen weitere Töne zu entlocken, war dies nur ein Vorspiel. In der Hitze und Leidenschaft verlor Dawn jegliches Zeitgefühl, und es schien, als ob er, kaum dass er begonnen hatte, sie mit seinen Händen zu befriedigen, schon mit seinem Schwanz hantierte, um in sie einzudringen.

Sie drückte sich gegen seine Hüften, ließ sich an der Tischkante nieder, und dann drang er ein. Ihre Vagina spreizte sich, um ihn aufzunehmen, und als sie einen Atemzug einsog, durchströmte er ihren ganzen Körper. Ein wildes Feuer flammte in ihr auf, das sich um Dawns und Richters Liebe drehte. Diese Liebe brachte sie dazu, sich an ihn zu klammern und seinen Namen zu keuchen, als wäre es das einzige Wort auf der Welt, das zählte.

Denn wenn es darauf ankam, waren sie beide wirklich das Einzige, was zählte.

Solange sie zusammen waren, würden sie alles erreichen können, alles besiegen, all ihre Träume wahr werden lassen.

Richter wiegte Dawns Gesicht in seinen Händen, und sie küssten sich im Rhythmus ihrer Körper. Langsam und schnell, schwer und hart, langsam und gleichmäßig. Was immer sie voneinander wollten, sie bekamen es. Sie bereiteten einander das köstlichste Vergnügen.

Als ihre Körper schließlich aus eigenem Antrieb zu agieren begannen, die Energie in ihnen sich straffte und sich spiralförmig drehte, und sie beide näher dahin brachten, von wo aus sie gemeinsam durch die Wolken schweben konnten, sog Dawn scharf Luft ein.

„Ich liebe dich", sagte sie, und ihre Worte waren so heiß und verzweifelt aus ihrem Mund gekommen, wie ihr Körper nach Richter verlangte.

Er küsste sie erneut und flüsterte: „Ich liebe dich auch."

Und gemeinsam sprangen sie von der Klippe – der Klippe, die zu ihrem gemeinsamen Leben führen würde.

ENDE

ÜBER JADA COX

Jada Cox ist völlig vernarrt in diese drei Dinge: ihren zauberhaften Sohn, ihren gut aussehenden Ehemann, der einem Bärengestaltwandler zum Verwechseln ähnlich sieht, und in das Schreiben von Gestaltwandler-Liebesgeschichten. Sie hat das große Glück, dass all diese Dinge Teil ihres Lebens sind! In Jada Cox Büchern wimmelt es von starken Frauen, super-sexy Gestaltwandlern und rasanten Actionszenen. Werfe auch einen Blick in ihre Bücher und tauche ein in diese faszinierende Welt.

Besuche meine Autorenseite auf Amazon und klicke auf "Folgen", um Benachrichtigungen zu Neuerscheinungen zu erhalten.

Für noch mehr Updates, Previews und Angebote besuche und like meine Facebookseite.

BÜCHER VON JADA COX

"Drachen-Schatzinsel" Buchreihe

Eine warme, herrliche Insel voller Edelsteine, Gold und … heißer Drachen. Ja, das ist der Stoff, aus dem Frauenträume gemacht sind. Diese Drachen bewachen die Insel und ihre Schätze, aber wenn sie die Frau erblicken, für die sie bestimmt sind, haben sie ganz andere Dinge im Kopf: sich zu paaren, sie zu beschützen, koste es, was es wolle – und ein Kind zu zeugen …

Perlendrache
Golddrache
Saphirdrache
Rubindrache
Diamantdrache
Opaldrache

"Drachen-Milliardärsimperium" Buchreihe

Sechs heiße Drachen, die den Himmel und die Herzen

der Frauen beherrschen ... Willkommen beim Drachen-Milliardärsimperium, wo Geld, Ruhm und Reichtum nur das Fundament für etwas viel Größeres bilden: leidenschaftliche Liebe und magische Gefährtenverbindungen.

Magmadrache
Eisdrache
Donnerdrache
Bergdrache
Schattendrache
Eisendrache

"Villa der Drachen" Buchreihe

In „Villa der Drachen" geht es um sechs super-sexy, muskelbepackte Drachen, die jede Frau dahinschmelzen lassen und andere Männer neidisch machen. Sobald du ihr vor Testosteron triefendes Haus betrittst, ist es um dich geschehen. Also lass dir eines gesagt sein: Geh nie dort hinein. Besonders nicht allein.

Milliardär Drache
Böser Drache
Großer Drache
Dreister Drache
Feuriger Drache
Dominanter Drache

"Elementardrachen" Buchreihe

„Elementardrachen" ist eine Buchreihe mit paranor-

malen Liebesgeschichten über sechs sehr heiße Drachen-
brüder mit ausgeprägtem Beschützerinstinkt, die alles dafür
tun würden, um ihre Seelengefährtinnen vor Unheil zu
bewahren.

Des Drachen Nanny
Des Drachen Baby
Des Drachen Leihmutter
Des Drachen vorgetäuschte Freundin
Die drei Gefährten der Drachin